"一尸杀死三人"事件

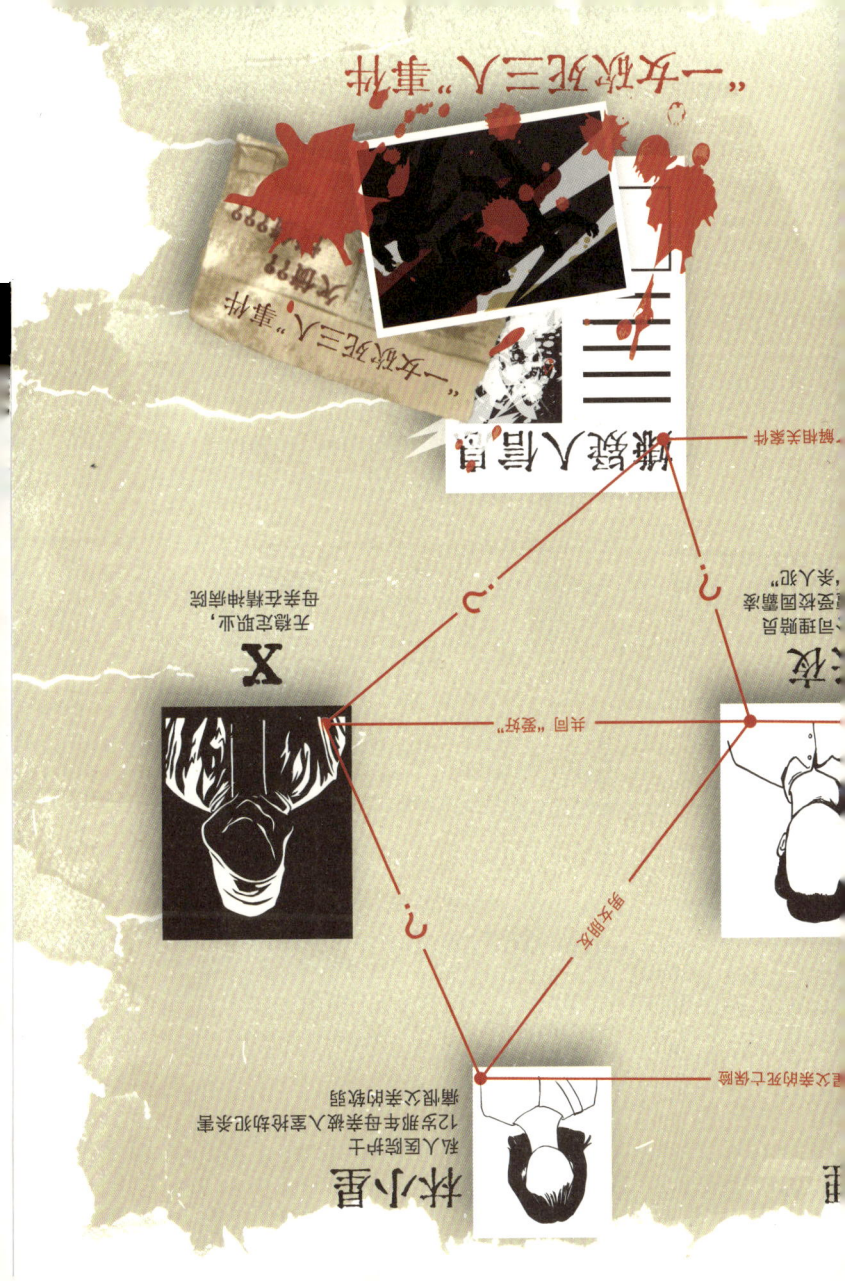

嫌疑人信息

X
不想名声扫地,母亲名精神病院

林小阳
私人医院护士
12岁那年母亲被人家抢走并遭父亲的毒打

并未"回家"

张起书

父亲的死亡信息

《X探探事件》人物关系图

知名律师
外号"大律师"，因发现法院工作
死因：被人割断喉管

名牌高校生
死因：被人用尼龙绳从背后
勒住脖子，窒息身亡

报社记者兼摄影
遭重物猛砸
死因：被残忍杀害

保险公司高级主管
死因：被刀从左胸捅入心脏

我已在地底,而你还看得见星空。

——X

X 的故事

蔡骏 著

江苏凤凰文艺出版社

图书在版编目（CIP）数据

X的故事 / 蔡骏著. -- 南京 : 江苏凤凰文艺出版社, 2025. 7. -- ISBN 978-7-5594-9443-6

Ⅰ. I247.5

中国国家版本馆CIP数据核字第202582N3H5号

X 的故事

蔡骏 著

出 版 人	张在健
策 　 划	孙 茜
统 　 筹	唐 婧
责任编辑	万馥蕾　张 倩
装帧设计	王柿原
责任印制	杨 丹
出版发行	江苏凤凰文艺出版社
	南京市中央路165号，邮编：210009
联合出品	番茄出版
网　　址	http://www.jswenyi.com
印　　刷	江苏凤凰通达印刷有限公司
开　　本	880毫米×1230毫米　1/32
印　　张	6.25
字　　数	90千字
版　　次	2025年7月第1版
印　　次	2025年7月第1次印刷
书　　号	ISBN 978-7-5594-9443-6
定　　价	49.00元

江苏凤凰文艺版图书凡印刷、装订错误，可向出版社调换，联系电话 025-83280257

目录

一、JACK 的星空　　　　001

二、寻找杀人狂　　　　011

三、往事不堪回首　　　021

四、别说"对不起"　　　039

五、张夜　　　　　　　057

六、不要说分手　　　　077

七、一场喝醉的美梦　　103

八、今夜，无家可归　　117

九、真实的幻觉　　127

十、愤怒的钢铁巨兽　　143

十一、死里逃生　　155

十二、来了，我就嫁给他　　165

十三、我是一棵秋天的树　　185

_一_
JACK的星空

第七次杀人的经历

我决定杀了他。

从这一刻起,他在我眼中,已成为死人。

想来有些好笑,平日他总是骂我,呼来唤去,冷嘲热讽,让我在同事们面前像个白痴——今天,我却以怜悯的目光注视着他,因为他的喉咙就要被我切断了。他还在例会上滔滔不绝地说着下半年的规划,怎会想到那将是自己这辈子最后几滴口水。

他是我的顶头上司,至于姓什么叫什么,

并不重要，你们只管他叫"死人"好了。

无论我有没有做错，也无论我加班到多晚，都逃不过他的奚落。每次从他跟前经过，他就当没见到我，或者当我只是一团空气。更让我难堪的是，他经常记不住我的名字，常常当着同事们的面大叫："那个谁，那个谁，来我办公室一趟！"

好吧，我就是"那个谁"。你最好也别记住我的名字，那样在地狱里会好过一些。

我的杀人计划是简单粗暴的，并没有推理小说里的那些奇妙诡计，有时我真觉得那些小说家都是吃饱了撑的——警察哪儿有工夫来管你那些伎俩，该被抓住的无论如何都逃不掉。可总有一些人可以逍遥法外，哪怕他已杀了无数个人。

比如我。

几小时前，我穿着一件普通的衣服，戴着墨镜与帽子，怀里藏着一把锋利的尖刀，来到他家门前——半年前，这个浑蛋搬新家到此，邀请全体员工来做客，从那时起，我就记住了这个地方。他三十多岁了还没结婚，一个人住在这大房子里，我想肯定有个800G以上的硬盘陪伴他。就在那次邀请之后，分别有两个女同事来这里陪他过夜，不过是为了得到加薪的机会——公司里每个男人都知道。

我知道他就在房间里，屋里并没有其他人，因为自下班起我就跟踪着他。在他回家以后的数个钟头内，我在这个房子的楼上楼下以及对面观察，直到确信没人会看到我的脸，包括走廊与电梯里的摄像头。

我按响了他的门铃。

静静地等待了十秒钟，门里传来拖鞋的脚步声。虽然，门上装着一只猫眼，但我知道这家伙是急性子，他不看猫眼就会打开房门。

果然，打开了一道门缝，我看到他的眼

睛，一双疑惑而慵懒的眼睛。

朋友们，千万记得要在房门后面装防盗链，血的教训啊！

我立即抓住门沿，径直闯入他的房间，在他拼死抵抗前，尖刀捅入了他的心脏。

什么声音也没发出，除了急促的脚步声，房间里安静得就像墓地。他只穿着一条短裤，直勾勾地看着我的眼睛，被我猛力推到客厅深处，后背死死抵在电视机液晶屏上。

果然，他身后的画面是定格中的苍井空老师。

刀尖搅碎了他的心脏，鲜血从他的嘴角流出……忽然，我又有些可怜他了。

在他断最后一口气前，我摘下墨镜，让他濒死的眼睛，看清楚了我的脸。

"居然是你小子！"

我在他渐渐浑浊暗淡的眼球里，看到了这么一行字：

死不瞑目。

刀子拔出他的胸口时，一腔暗黑的血喷到我的衣服上。幸好他拉紧了窗帘，否则我得冒着被对面的人看到的危险。

确认他死亡以后，我让他躺在电视机液晶屏下面，回去把房门关紧。我脱下自己的血衣，跑到他的卫生间里，把我沾满鲜血的双手洗干净——他家真够脏的！

镜子里照出我的脸，在厚厚的镜片后面，有一张年轻苍白而瘦削的脸。平时在公司里，我是那么懦弱内向，没人会把我的形象与杀人狂联系在一起——而在每次杀完人后，我越照镜子就越觉得自己长着一张标准的杀人狂的脸。

手已经洗干净了，白得几乎能看出皮肤底下的静脉，瘦弱的胳膊似乎一拧就会断裂，谁会想到这双手已杀了七个人？

我把刀子冲洗干净，从衣橱里挑选了一

件比较合我身的衣服，除了一股淡淡的血腥味，完全看不出我刚杀过人。

离开杀人现场之前，我仔细擦去可能留下的指纹。

我穿着死者穿过的衣服，戴着墨镜与帽子，巧妙地躲过摄像头，悄悄走出这个高级小区，在清冷的街道上漫步，头顶有一轮明亮的满月，只有它知道我刚干了什么。

现在，我回到了家里，凌晨两点，晚安。

凌晨两点。

我啃着重辣的鸭脖子，一边流着眼泪与鼻涕，一边看着电脑屏幕。

刚刚发现了一个QQ空间，名字叫"JACK的星空"。我在百度输入"杀人狂"搜索，在第七页跳出了这个网页。空间总共只有七篇日志，相册是空的。这是最近一篇日志，发布时间在一分钟前。

看完最后一个字，我再也睡不着了。最后一根鸭脖子，被我连同骨头一起嚼碎了咽下。

不知道人类的脖子是什么滋味？

接下来的半小时，我仔细看了之前的六篇日志，日志是从半年前开始发布的，差不多每月更新一次——标题分别是"第×次杀人的经历"。第一篇杀的是一个开车的胖子，他半夜里走路差点被车撞到，没想到对方不但不道歉，反而对他破口大骂。于是，他悄悄跟踪胖子回家，记下对方的住址与基本情况。隔了几天，他找上门去把胖子杀了，还制造了一个黑帮仇杀的现场。

现在，我可以确定QQ空间的主人，就住在这座城市。

因为他提到了许多真实路名，还有他经常乘坐的地铁七号线，以及与二号线换乘的静安寺站。

"JACK的星空"QQ空间很普通，没有经过特别修饰，个人资料里Q龄1年，年龄119岁，公历生日1月1日——都是假的，除了性别。我想他是个男人。

有人在他的日志下面留言："真的假的？你不会在做梦吧？"也有人问："天哪，真是你干的吗？怎么新闻里没有报道？"居然还有人回复这条留言："楼上的白痴，真正的凶杀案，如果还没有破案，警方是不会告诉媒体的。"更有人留言："兄弟，干得漂亮！你是我的偶像，加你QQ怎么没通过？求交流杀人经验。"

最后一条留言是：变态，而且我相信这个变态，根本从来没有杀过人。

我加了"JACK的星空"QQ好友，但我想他是不会通过的——果然，不到一分钟，回答拒绝。不过，至少证明他还在线上，杀完人肯定很激动，肾上腺素大量分泌，兴奋得完全睡不着觉，才会在QQ空间上炫耀杀人的经历。

鸭脖子，带着浓浓的辣味，还有粉碎了的鸭颈骨，正在我的胃里缓缓消化……该死的！我又饿了。

我关掉电脑，随手带上钱包与手机，走出这间狭窄的小屋。走廊里亮起昏黄的灯光，电梯载我来到底楼，那里总是弥漫着一股垃圾的腐臭味。

将近凌晨三点，我穿过夜深人静的绿化带，走出小区破旧的大门，来到马路对面24小时营业的便利店。我从中年大妈店员的手中，接过四个茶叶蛋，作为宵夜足够了。

当我拎着热气腾腾的茶叶蛋，刚要推开玻璃门走出去，一个穿着短裙的年轻女子进来了。从她的穿着打扮来看，估计是从事特殊行业的。

从没见过那么瘦的女人，骨感到差不多只剩下一层皮了。我猜想她的体重不会超过80斤，可能一年没怎么吃过肉了。

我感觉她也在看我，四目对视的刹那间，她流露出一丝恐惧。

忽然，我开始幻想，她只剩下骨头的样子。

二
寻找杀人狂

第八次杀人的经历

两年前,我就想要杀了她。

没错,这次是她,我并不忌讳杀女人,我也从不认为女人是天生柔弱的,恰恰相反,有的女人是非常可怕的动物。

我跟她是由人介绍认识的,就是所谓相亲,而那位介绍人——我的大学同学,三个月前已被我用锤子敲死,尸体沉没在郊区某条小河里,我想你们在第三篇日志里看过了。

第一次见到她,是在公司对面的海底捞。她很漂亮,跟我几乎同样高,第一眼就让我昏了头,有了非她不娶的念头。

巧的是她就在我公司对面上班,是一家航空公司的前台接待——你们知道我有制服癖,尤其受不了这种类似空姐的制服。我常常冒着被扣奖金的风险,白天从公司溜出来,跑去给她送一盒巧克力或蛋糕。只要看到她那身制服,我就血脉偾张,紧张得一句话都说不出。下班后我会打车送她回家,有时预订很高级的餐厅,要花掉我一周的工资。

我们交往了半年,乃至谈婚论嫁,我却从未得到过她。最亲密的接触仅限于一次接吻,她还极不乐意,像亲在软软的冰块上。我不是一个会说话的人,总是想方设法准备各种话题,到网上去抄笑话段子,只为博她一笑。我花光了工作几年来的积蓄,从蒂凡尼的项链到香奈儿的时装表,只有这些礼物才能把她约出来。

有一天,在她说要加班而拒绝约会后,我独自坐在公司楼下发呆,晚饭也忘了吃。九点钟,我看到她走出来,刚想要冲上去,却有一辆黑色奔驰驶来,开车的是个中年男人。她完全没注意到我,一上车就把头埋到对方怀里。

从此,我开始悄悄地跟踪她。

我是个迟钝的白痴,相信了她所说的一切——最晚十点回家,十一点睡觉。其实,她常在半夜出门,走遍了这座城市的夜店,有时还穿着那身制服。我好几次蹲守在夜店门口,看到她挽着有钱人走出来,去对面的酒店开房……

当时,我就想杀了她。

为什么等待了两年?我是在等待自己的勇气。

现在,我已经杀了七个人,不会害怕再多杀一个了。

一个钟头前,已是凌晨三点,我守在她家门口,看着她醉醺醺地回来。在她打开房门时,我跟在后面冲了进去。没给她任何尖叫的机会,在她回头看清我的脸以前,刀子已扎入了后背心。

她倒在地上剧烈地挣扎,我又扎了第二刀、第三刀……

第七刀。

她再也不动了。

在杀死她的过程中,我没有看她的眼睛,以防自己一下子心软,毕竟我曾经喜欢过这个女人。

不能再把衣服留在这里了,我把身上的血衣都脱下来,塞入随身携带的背包——里面装着一套新衣服,我迅速给自己换上了。

她一个人住在这里，我打开她宽大的衣橱，里面塞满了各种新衣服，其中一条裙子有几分眼熟，那是我陪她在恒隆广场买的——其余的大概都被她丢了吧。

我又打开她的抽屉，看到许多小首饰与化妆品，不少是我闻所未闻的。也不知道是多少男人送的。

为伪装成抢劫杀人的样子，我拿走了大部分值钱的金银首饰。我想，这些东西足够买辆车了吧。照例擦去现场指纹。我们分手已经两年，而她的社会关系又如此复杂，警察不会轻易找到我的。

我穿着新衣服离开杀人现场，步行一个小时回家。我注意观察电线杆子上的探头，专拣七拐八弯的小路，以便从警方监控中消失。半路上，我把从她家带出来的值钱的首饰，全部扔到了苏州河里。

其实，我确实缺钱，但销赃会有风险。

更重要的是，我嫌这些东西脏，是她用欺骗与卖身换来的。

哎呀，天快要亮了，明早还要上班，再见。

天,亮了。

该死的,怎么又饿了?离开电脑屏幕,我去厨房泡了一碗方便面,窗外已开始此起彼伏的鸟鸣。

吃着方便面,看着这篇最新的日志——"JACK的星空"QQ空间,距离上篇日志更新不过二十多个小时。

这说明他杀人的节奏大大加快了,能用马不停蹄来形容。当我饶有兴趣地看着这段文字,看着他杀死前女友的细节,方便面条就如女人的卷发,快速滑入我的胃中,并未引起丝毫不快,反而让人越发兴奋。

不过,这台电脑的屏幕太小了,让我的眼睛不太舒服——这不是我的家,四周的一切都如此陌生,我却还津津有味地享受着女主人的方便面。

再回到"JACK的星空",我已发现了若干线索,文中提到"第一次见到她,是在公司对面的海底捞",之前日志表明,他公司楼下就有地铁。我迅速在百度上搜索,全市许多家海底捞火锅店中,最符合他描述的在七号线长寿路出口处对面。前面的第四篇日志,提到他常去公司旁边的港式茶餐厅吃午餐,我查到那栋写字楼旁边,确有一家港式茶餐厅,说明两年来他没换过工作地点。而在写字楼的马路对面,也是海底捞同一栋楼上,有家航空公司销售处,正是凌晨的女被害人的工作单位。

我猜这个人大约二十九岁,因为第二篇日志写到了他大学毕业的年份。他的身高是中等偏下,理由是他的前女友"个子跟我几乎同样高"。他很可能在保险公司上班,因为前几篇日志中提到了许多保险专业词汇。

我能推断的信息大致就是这些,但对于寻找一个杀人狂来说,貌似已足够了。

虽然,除了脸色苍白,外形瘦弱,所有日志里并没有任何对于他自己长相的描述。

但我脑中已清晰浮现出他的脸。

我缓缓走到卫生间镜子前,隔着一排女用化妆品,看着自己苍白消瘦的脸。

镜子上沾着一串暗红色血迹,尚未干透,有几滴正沿着水龙头往下流淌。

于是,我安静地转回头来,浴缸里躺着一具女人的尸体。

她只剩下骨头了。

二
往事不堪回首

第九次杀人的经历

十五岁那年起,我就想要杀了他。

如今,我几乎可以肯定,他们所有人都早已忘了,顶多模糊地记得我当年的外号——杀人犯。

但于我而言,那天的记忆是永远无法被抹去的,就像刻在墓碑上的名字,哪怕用锉刀磨平,也会在背面留下印记。

十四年前,他的名字,已经刻在我的墓碑上了,而他自己却浑然不知。

那是初中二年级,他是我的同班同学,块头比我大了两圈,身边总是跟随着一群男生,听他吹牛,替他打架,为他抄写作业——每个班级里都会有这样一个人,不是吗?

说实话,我看到他们有些害怕,不仅仅是那群家伙,甚至女生都会时不时欺负我。

但我真正感到恐惧的,并不是被人暴打一顿,而是整个班级里没有一个人理睬我。

至于能称得上朋友的同学,在整个中学时代,我算来算去都找不到任何一个。

他们不喜欢跟我说话,而我本来就沉默寡言,每次当他们聚在操场上说说笑笑,比如男生们最喜欢的足球与NBA,而我也凑过来偷听——他们就会默默地散去,直到我一个人站在原地,方圆几十米内荒无人烟,似乎成为校园里的一小片沙漠。

同学们,乃至老师们,为什么要这样对

三、往事不堪回首

我?除了我的个子比较瘦小,平时不太会跟人打交道,主要是因为那件事。

那件事……

抱歉,多少年来我不敢想起那件事,每次想到就会头痛欲裂,恨不得立刻找把榔头敲烂自己的脑袋!

对了,我说的"那件事",并非今晚我要说的那件事。

还是说回到大块头同学,他的老爸在法院工作,因此老师也不敢得罪他,男生们更是以跟在他身边为荣,似乎这样也能混成个律师或检察官,最起码是法警什么的。

突然,有一天他单独找我聊天,说他因为偷看了他爸爸的文件夹,突然对我产生了强烈的同情,不仅保证将来不再欺负我,还要吸收我进入他们的小圈子。

听起来就像做梦,但我丝毫没怀疑他,因为这正是我梦寐以求的一件事。

于是，我度过了中学时代最开心的三天。

在这三天里，尽管有许多男生不情愿，但在大块头的干涉下，没人再敢欺负我了。每次他开始聊最新的杀人案，总把我拉到离他最近的位置。即便这种话题让我异常难受，我还是努力表现出很高兴的样子，甚至还为讨好他，专门买万宝路送给他抽——虽然我至今仍然一根烟都没抽过。

然而，幸福破碎得太快了。

那是一节体育课，即将下课时，大块头突然把我关在厕所里，强行剥光我身上所有的衣服——我无力反抗，因为刚跑完一千米，而大块头则假装扭脚没去跑。我浑身赤条条的，被他扔到了女厕所门口——正好一群女生上厕所出来，里头还有我暗恋的一个对象。

我的一切都被她们看到了，包括裸露着的下身。随着女生们的尖叫，四周响起一片嘲笑声……

那个瞬间,我真的只想去死……去死……死……死……

后来,我才知道,大块头对我好全是假的,这就是一场恶作剧,也是男生之间的一场赌局。他们在赌我究竟有多"贱",会不会向老大卑躬屈膝,赌注则是一双限量版的耐克鞋——这场赌博的结果,是大块头输了,虽然没人敢动他,但为了老大的面子,他必须得认赌服输。

为了那双耐克鞋,大块头设计了一场对我的报复。

我蜷缩在女厕所门口大哭,衣服裤子都被抢走了。下课铃声响起,其他班级的同学跑出教室,也看到了我被扒光的模样。

从此,全校上下流传着一种说法——虽然"杀人犯"瘦得像个猴子,但下面那家伙却挺大的。

我有好几天没去上学,最后被老师拖到

了学校，我再也不敢正眼看人——我怕看到那种鄙视与嘲笑的目光。

之后的十四年，我几乎从未与人正眼对视过，哪怕是我最喜欢的女孩。

那年夏天，我多次藏着刀子来到学校，暗中跟随大块头，想要趁其不备，抽出刀子来捅死他。

可是，他身边永远有其他人，我也没勇气去挑战那些人。

杀人的念头，却始终没从脑海里消失过。

就这样到初中毕业，我和他考入了不同的学校，再也没见过了。

三个月前，我突然接到个电话，竟是初中的一个老同学打来的，说是要搞一次同学聚会，必须要所有人都到场——我想，如果不是这个条件，他们是永远想不到我的。

我在第一时间就拒绝邀请，很简单，我

不想再看到那些人,他们大多数都欺负过我,都在女厕所门口看到过我的裸体。

其实,我是不想再看到那些人的眼神。

挂断电话,我大哭了一场,直到第二天,却又打回那个电话,接受了同学会的邀请。

因为,我从没忘记过杀人的念头。

当我重新见到大块头,一下子几乎没认出来——这家伙的头发少了,身材比过去臃肿许多,却穿着名牌西装,一副社会精英派头。他说话的语气越发成熟,跟每个人都是热络地打招呼——包括我。

真没想到,他居然对我如此热情,询问我的工作状况,还要为我提供客户资源。虽然,我依然不敢正眼看任何一个老同学,但我从他们的语气里发现,大家似乎都已完全忘了那件事,忘了曾经在女厕所门口看到被扒光了的我。其中,也有我中学时暗恋过的女孩,如今她已嫁作人妇,成了三岁孩子的妈，拉着几个女同学谈笑风生，对我也客客气气。

是啊，十四年过去了，有谁还记得呢？又有谁还会在乎？当年的欺负与恶作剧，嘲笑与讥讽，不过是他们自己的幼稚罢了。现在，大家都是成年人，各有各的事业与生活，所谓同学会，既是为联络感情，大概也是为重新组织人脉吧。

大块头嘛，就是个典型的例子，他忘了欺负过我的事，或者只要谁不提醒，就再也不会想起来。托他法院老爸的福，大块头真的成了律师，专门打经济官司的，工作没几年就自己买了房。再看他跟我说话的样子，仿佛是很要好的朋友，那些年一起追过女孩的死党。

刹那间，我几乎放弃了杀人的念头。

同学会结束后，我独自走在回家路上，阴冷的风吹乱头发，而大块头开着车停在我身边,放下车窗说:"你住哪里?我送你回家。"

我尴尬地拒绝了他,但他笑着说:"别客气,这么晚了,打车很贵的。"

说实话,我心里也是这么想的。

于是,我大脑空白地坐进了他的车里。

真是一辆好车,我紧张得不知道该把脚放哪里,生怕弄脏了他的车垫,而他大方地说:"没关系,随便踩,老同学嘛!"

路上,我几乎一个字都没说过,而他边开车边说个不停,大多是工作上的事。我让他停在一条小马路边,不想被人看到我住的破烂小区。

终于,我问了一句:"我想知道,你是在为过去的事情偿还吗?"

"过去的事?发生过什么?偿还什么?"

他真的忘了。

"没什么,谢谢你。"

他不解地摇头，车子掉头呼啸着离开。

但我不会忘。

于是，三个月来，我都在为杀死他而做准备。

我调查了他的工作单位、现在的家庭住址。他独自住在自己买的高级公寓里，常有不同的女子在那儿过夜——我不想滥杀无辜，因此错过了许多杀他的机会。

考虑到他身高体壮，我必须选择最安全的时机，趁他没有防备和无法反抗时动手。

就像十四年前他对我做过的一样。

今晚，我终于候到了机会——他在外面应酬喝醉了，由代驾开车送回来。他住在公寓底楼，我轻松地打开了他的防盗窗，像个熟练的窃贼，爬进了他的卧室。

他在床上打呼噜。当我靠近他时，不小心打碎了地上一个玻璃杯，但就是这样的声音，也没让他醒过来。

于是，我决定用他的方式来报复他。

我剥光了他的衣服。

真费劲啊，他那么重的身体，简直比死人还沉，好不容易才脱下他最后一条内裤。

看着这身白白的肥肉，我却几乎没了仇恨，就像在看屠宰场里待宰的牲口。

但是，杀人程序已经启动，没有停下来的按钮。

我用尖刀捅入他的心脏。

几乎没什么血流出来，但我知道他已经当场死了。

我想，还是不要让他知道自己为什么被杀才好，这样他才会在地狱里苦思冥想，从这一辈子所有的仇家当中，或是某个路过的变态杀人狂里推测凶手。

他永远不会想到我的。

想到这里，心情轻松了许多，十四年来的重负终于卸下。

我去卫生间洗了洗手,出来时床上已流满了黑乎乎的脏血。我戴上手套,把尸体从床上拖下来,搞得我满头大汗。我大着胆子打开房门,用帽子与墨镜遮盖自己的脸,把他扔到底楼电梯口——明早第一个出门上班的人,将看到这具满身是血的裸体男尸。

再见,老同学。

凌晨三点,浓浓的夜色阻挡了路边的探头,我躲藏在树阴下,回到家里。

此刻,开窗,星空好美啊!

差不多已有十年，我不再抬头仰望星空了。

也差不多有好几年，我没有再回到阳光下。

今天，好热啊。

太阳穿过薄薄的云层，刺在我苍白的脸上，几乎要把皮肤撕裂，我只能戴着一顶鸭舌帽，尽量阻挡紫外线侵蚀。

地铁七号线长寿路站出来，旁边就是热闹的亚新生活广场。我已做了充分调查，回头就见到了那栋写字楼，对面是海底捞火锅。

中午，十二点整。

我在等待他出现。

没错，根据对他总共九篇日志的分析——最后一篇发布于七小时前——几乎可以确定，他就是在这栋写字楼上班的。但我不想直接冲到那家保险公司，只有站在这里是最稳妥的。

我确信自己能一眼就认出他来。

当然，没人会在脸上写着"杀人狂"三个字。

但他不一样。

十二点零五分，远远看着写字楼电梯门打开，一群急着吃午餐的白领挤出来。

最后一个,那个看起来并不怎么瘦弱,也没有想象中猥琐的年轻男子。

是他吗?

还没看清他的脸,但心里那种感觉越发强烈,如同潮汐猛烈拍打堤岸,很快就要席卷整片海边的田野。

我想,我快要被淹死了。

他的胸口挂着工作吊牌,快步走到写字楼门口,抬头看了看天空。我这才看清了他的眼睛。

杀人狂的眼睛。

忧郁,沉默,矛盾,狂热。

最后一样,只有我能发现。

他没注意到我,因为我是那么不引人注目,或是那么容易被人忽略不计,就像一团无色无味的空气。哪怕只有三个人走过,我也会巧妙地隐藏其中,让你根本看不到我。

旁边那几个烦躁的白领,没人朝他看过一眼,估计不是同一家公司的——不过,就算是同事也可能对他视若无睹。

果然,他走进了亚新生活广场底楼的港式茶餐厅。

我非常自然地走进去。吃午餐的人非常多，几乎每张桌子都是由陌生人拼起来的。我挤在几个年轻女孩中间，她们像是楼上柜台的店员，并不怎么讨厌我，大概我还不是很猥琐的样子。我随便点了一碗云吞面，仔细观察隔壁桌子的他。

他跟我一样也跟人拼桌，点的居然也是云吞面，我担心他会吃不饱。他的工作吊牌垂到桌面以下，所以我始终看不清他的名字。

等待了十多分钟，面才放到他面前，而他仅用五分钟就把午餐解决了。

他吃得居然比我快！

我只能抛下没吃完的面条，匆匆跟在他身后。走出亚新生活广场，他在地铁口的报刊亭买了本杂志，最新一期的《悬疑世界》——这家伙就连爱看的杂志也与我相同。

我还不知道他叫什么名字，但我已百分之百确认他就是杀人狂，QQ空间是"JACK的星空"。

通常，在这种热闹的环境里，可以利用午休时间，去附近商家走一走，起码可以买杯饮料什么的。

可是,他像个模范员工,低着头就往写字楼里冲。

我几乎没跟上他。

还好,在他走进拥挤的电梯,即将要关门的刹那,我最后一个挤了进来,把这钢铁棺材挤得水泄不通。

默默祈祷不要响起超重警报声。

谢天谢地,我的身材保持得很好,电梯已顺利上升。

我的脸正对着电梯门,相信不会被他看到,而他的手艰难地伸过来,按下了19层。

照道理他不必那么辛苦,完全可以请门口的人帮他按一下,然而他就是一声不吭,宁愿冒着手臂被人夹到的危险。

对,我还没听到过他的声音呢。

19楼到了,我并不准备在此出去,而是为他让开一条通道。

在他走出电梯门的瞬间,我微微侧身转头,闻到他身上一股汗酸味,同时看清了他胸口吊牌上的字——

东方神奇人寿保险有限公司　理赔部　张夜

四 别说"对不起"

19楼到了。

张夜挤出电梯的同时，第一次注意到站在门口的男人。当他转过头来，电梯门已缓缓合上，只能从越来越窄的门缝里，看到一张冷漠无情的脸。

忽然，觉得那张脸有些熟悉。可他闭上眼想了许久，几乎要把脑袋撑破，也不曾想起在何时何地见过。

公司前台的实习生在煲电话粥，原本近百人的办公室，午休时间只剩下十来个，有的戴着耳机在网上看电影，还有在起点中文网上追看唐家三少的新文的。

回到办公桌前，张夜痴痴地看着屏幕保护——北极星空的画面，美到让人心悸。一位挪威摄影师不眠不休七天拍摄的组图。

他的办公桌很整洁，刚洗完的马克杯里，见不到一丝水垢。电脑屏幕旁边是常见的小仙人球，他缓缓把手指放上去，触摸坚硬的针刺，几滴血落到桌面上。

他将手放入嘴唇，用力吮吸了几下，不小心碰到了鼠标，美丽星空瞬间消失，变成一张布满各种数字的报表。

张夜厌恶地吞了一下口水，把这个EXCEL文件最小化了。

电脑桌面上出现了一张外国人的脸,黑色头发,双目明亮,脸颊消瘦,薄薄的嘴唇,带着似有似无的微笑——弗兰兹·卡夫卡。

张夜曾梦想成为一个像卡夫卡那样的小说家。来这家名不见经传的保险公司上班,也与卡夫卡有某种关系——1908至1922年,卡夫卡在布拉格的波希米亚王国劳工工伤保险公司工作了十四年,直到因病退职。他一生中最重要的那些作品,都是在保险公司任职期间写出来的。离开那家公司不到两年,他就在默默无闻中死去了。

二十岁时,张夜几乎每月都要写一个中篇小说,但从没机会发表,哪怕贴在网上的BBS,也会很快被海量的帖子淹没。

已经很久没写小说了,最近只写QQ空间的日志——"JACK的星空"。

下午,一点。

"张夜!到我办公室来一趟!一个人怎么能笨成这个样子?"

一个男人粗暴的声音从脑后响起，张夜机械地站起来，穿过同事们奚落的目光——这些家伙刚回来上班，嘴边的油还没抹干净。

理赔部经理办公室，张夜看着眼前这个三十多岁的男人，心里产生一种奇怪的感觉，为什么他还活着？

不错，在张夜眼里，他已是一个死人了。

经理把一叠报告摔在地上，对张夜破口大骂了二十分钟。

"对不起，经理，我会重新调整报告的。"

"明天早上，如果报告还拿不出来，那你就可以滚蛋了。"

整个公司都回荡着理赔部经理的声音。

傍晚，六点。

经理回家了，张夜没有留下来加班，那张报表也还原封不动。

随着下班人群走出写字楼，他坐上地铁七号线，两站路后到静安寺。没有回到地面，直接上了久光百货七楼。

有家不错的日本料理。

昨天就订好的座位。安静的日式包厢,只等了五分钟,她就来了。

她叫林小星,比张夜小三岁,身高一米六出头,体形还算苗条,梳着齐耳短发。她不算漂亮,中人之姿,只有那双细长眼睛,有时会让人想多看两眼。她是一家公立医院的护士,但从不在男朋友面前穿护士服。

不过,张夜很喜欢她。

"不是说过了吗?吃香辣小龙虾就很满足了,下次不要再订这么贵的餐厅哦。"林小星微笑着接过张夜递来的小礼物,打开是施华洛士奇的水晶挂件,"谢谢!这个我喜欢。"

其实,她明白这个挂件在淘宝上只卖299元,这是两人之间约定好的,每次送礼物价值不要超过300元。

他们是七个月前认识的,第一次见面却是在太平间。

张夜是人寿保险理赔员,大部分时间在办公室,偶尔也要跑外勤去现场查勘,尤其是意外死亡的重大案子。

他记得很清楚,那是一起杀人案。

被保险人是出租车司机,五十岁,早年丧妻,与女儿一起居住。深夜空车回家,目睹了一起交通事故,有辆法拉利飙车闯红灯,撞倒了一个骑自行车的女孩。开法拉利的富家子想要逃跑,被出租车司机拦下。想不到肇事者非但不停车,反而对着人加油门撞过来。中年司机被撞飞出去数米,浑身十几处骨折,被送到医院抢救,不治身亡。

三天后,张夜才接到保险理赔的报案。因为在故意杀人与交通事故间存在争议,这两种定性的赔偿标准不同,理赔员必须调查清楚才能定损。他特意跑了一趟医院,硬着头皮走进太平间,看到了死者遗体——身体与四肢已扭曲得不成样子,那张脸倒还算完整。

张夜做了五年的寿险理赔员,处理过至少三十次意外事故理赔。这次还不算死得最惨的,两年前他看到过高楼火灾事故中,烧得几乎只剩下焦炭的尸体。

冷静地看完死人,张夜看到了一个跟死人同样沉默的活人。

她是被撞死的出租车司机的女儿,林小星。

尴尬地相持几分钟,他看到她脸颊上掉下的眼泪。张夜向来见不得女孩子哭,手忙脚乱地掏出纸巾。在屁股口袋里放了半个月，几乎发出霉烂的味道。她并不介意地接过纸巾，颤抖着擦去泪水。

"爸爸一辈子胆小怕事，只有这一回才表现得像个男人！我开始崇拜他了。"

这是她说的第一句话。

太平间到处都阴森森的，如果不看林小星的眼睛，难道要去看死人吗？

于是，在一具扭曲的尸体旁边，张夜看着她眼里的泪水，喜欢上了这个女孩。

她已陷入绝境，肇事者虽被抓住，但一口咬定是交通事故，不是故意开车撞死出租车司机的。林小星要求法医检验尸体，确定是否意外，因此，拖到现在尸体还没被拉去殡仪馆。

一个月后，肇事者被以故意杀人罪起诉。在张夜的努力下，林小星拿到了保险公司全额的赔偿。

做完"七七"的第二天，林小星单独请张夜吃了一顿饭，从此开始约会了。

林小星在十二岁时死了妈妈，张夜也在同样年纪失去了母亲。因为同病相怜,两人相识似乎是老天安排好的。张夜不太会引女孩开心,但他老实本分的样子,却颇得林小星的喜欢。而他是那么爱她,尽管她并不很漂亮,但这对张夜来说并不重要。

每次看到林小星,他都会情不自禁地想起在航空公司上班的前女友——也许"前女友"也应该打引号。

他并不是怀念那个女人,而是想要杀了她,哪怕她还愿意回到自己身边。

因为,有了这次真正的恋爱经历,再对比上次"谈恋爱",就明白自己当初有多愚蠢了!

八点半,张夜与林小星走出餐厅,她在他耳边说:"说好了哦,下次由我来买单。"

"知道啦!"

只有跟林小星在一起,他才会露出由衷的笑容,而跟以前那个女人吃饭,自己所有的笑都是硬挤出来的,硬到脸上的肌肉都要抽筋了。

"对不起,今晚不能继续陪你了。初中的班长召集大家聚会。"

"在哪里？"

"钱柜普陀店，不过——"

张夜并不想把她带去，并非因为那里有其他女人，而是当初那些嘲笑自己的目光。

"你们老同学聚会，好好玩吧，我会早点回家的。"

"对不起！"他害怕让女朋友不高兴，低头像做错事的小孩，"我不是这个意思，因为那些家伙很多年没见，又喜欢喝酒吹牛，我怕你会不自在。下星期吧，我请你的同事一起去钱柜唱歌。"

"张夜，我并没有责怪你啊，我也不怕遇到你过去的初恋对象，你不带我去也很正常，干吗这么说自己？我不喜欢你这个样子。"

最后的话让他心里一凉，缩在墙角一动不动，任由她继续说下去："哎，我是真的不想去参加你的同学聚会。我不高兴的原因，是你为这种事也说'对不起'——你应该斩钉截铁地告诉我，像一个真正的男人那样。"

"对不起。"

"我不需要'对不起'这三个字。"林小星长吁了一口气,拍拍他的肩膀,"好啦,晚上在钱柜别喝得太多,当心回家碰到变态杀手!再见。"

两个人在静安寺地铁站分手,张夜坐七号线回长寿路,林小星则坐二号线回家。

五分钟后。

最末一节车厢,难得留出几个空位。张夜垂头丧气,真想钻到铁轨底下去。脑中反复播放林小星最后那几句——每次说"对不起"或"抱歉",她都会发脾气,而当他畏惧地躲到一边,她就露出失望的表情。

该死的,为什么要去那愚蠢的同学会?为了提醒他们怀念往事——比如自己一丝不挂地缩在女厕所门口的情景吗?

身边的空位坐下一个男人。他从不注意身边的人,这次却感到有双眼睛盯着自己——下意识地转身,果然触碰到对方目光。

"对不起,我在哪里见过你吗?"

没想到有人主动对他说话,张夜不知所措地抬起头,不敢发出任何声音。

"对不起,打扰到你了吗?"

这个人跟自己一样爱说"对不起",张夜必须说话了,否则会被当作哑巴:"哦,没有。"

"1995年的暑假,你在静安区工人体育场踢过足球吗?"

张夜一下子愣住了,迅速回忆起1995年,正是自己从小学五年级升初中预备班的暑假——人生中最痛苦的一年,超过了被剥光扔在女厕所门口的那一年。

"不,我从没去那里踢过球。"

那一年暑期,张夜是在无边无际的恐惧与泪水中度过的。

"哦,那我认错人了,对不起!"

这个男人与自己年龄相仿,或许曾是一个学校的?那就更不能让他盯上了,万一被他想起原来不是在静安区工人体育场,而是在初中女厕所门口——张夜迅速离开座位,走到车厢的门口。

他不敢回头看那个男人。

地铁正好开到昌平路站,他提前一站下车,飞快地跑到地面上。

最近天气不错,晚上能见到许多星星,张夜对着天空深呼吸,步行走向新会路上的钱柜普陀店。

当他回想起地铁上那个男人,却再也记不清对方的脸,只剩下一团模糊的五官。

晚,九点。

钱柜的生意一如既往地好,此处距张夜上班的地方很近。公司的同事也喜欢来这儿唱歌,但很少有人邀请他,除非是整个部门聚会。

从一群欢乐的少女中挤过,他来到全场最大的包厢,里面传来郑智化的《星星点灯》。听到这首歌,张夜就想起初中的班长——果然是他,当年的小帅哥,竟发福成了胖子。四周暗恋过他的女生们,皆已青春褪散,尽管还有不少待字闺中。

张夜的迟到,丝毫未引起大家注意,他仍像过去一样被忽略,许多人不认识他了,或者认得脸,也叫不出名字——"那个谁"。

这样也挺好,最好没人能记住他的脸。他对于这场老同学聚会的意义,不过是同学录上的一个名字。如果他没出现,也不会有任何人遗憾或怀念,只是有人会想:又有一个同学英年早逝了吧?

"喂,张夜!"

终于,有人没叫错他的名字。

他回过头来,看到一个魁梧的身材,还有一张永远都不会被忘记的脸。

"大块头?"

"哇,你还记得我的绰号啊?"

但他在停顿两秒后,没喊出张夜曾经的绰号——杀人犯。

张夜不晓得大块头是忘记了呢,还是出于礼貌故意回避?

今晚之所以来参加同学会,冒着让女朋友生气的危险,全都是为了眼前这个男人。

许多年来,张夜从未放弃过杀他的念头。

因此，他强迫自己来参加同学会，看看自己还有没有冲动把这个人杀了。没错，当他重新见到这张脸，脑中又浮现起当年自己被剥光，扔在女厕所门口，被全校所有师生围观的景象。

张夜下意识地摸摸自己的口袋，还以为藏着一把尖利的刀子。

大块头已转身跟其他老同学寒暄去了。

昏暗的卡拉OK包厢内，张夜闭上双眼，再也不敢看那个人的背影——他看到了十多年前学校操场上，那个带着一群男生，默默离他远去的高大背影。

没人上来跟张夜打招呼，他也没有点歌，白痴般熬了两个钟头。

他去过一次厕所，在走廊里与一个男人擦肩而过。忽然，对方停下来，直勾勾地盯着他。

正是地铁里坐在旁边的那个神秘男子。

张夜一句话都没说，只是机械地点点头，意思是原来你也坐地铁来钱柜唱歌啊。

那个男人倒很大方："哦，真巧啊，又碰上你了。"

张夜干咳两声作答,匆匆跑进厕所。

子夜。

张夜住在长宁区中部的一片六层楼的旧式小区内,平时上班要步行十分钟才能到地铁站。

他从不觉得这是家,最多只能说是"住处"。

六楼,每次爬楼梯都很吃力。楼道里布满各种小广告,偶尔还有硕鼠出没。

掏出钥匙打开房门,玄关处扔着几双廉价的皮鞋。他穿上一双拖鞋,先进厨房喝了口水。所谓厨房,不过是转微波炉和煮方便面的所在,灶台常年不用,积满了灰,却没什么油腻。

这是一套两居室的房子,张夜住在较大的一间,朝北的小间住着一个刚毕业的大学生。

张夜没有父母,这也不是自己的家,不过是每月付1500元,跟人合租的破烂公寓罢了。

开门进来,就听到室友屋子里传出电视转播足球比赛的声音。那个小伙子是狂热的AC米兰球迷,每逢比赛都会半夜守在电视机前。

从跟女朋友约会，再到老同学聚会，折腾了整个晚上，张夜感觉疲倦至极，倒在床上就想睡觉。

当他迷迷糊糊得要失去知觉时，隔壁传来一阵欢呼声，不仅是米兰看台上的球迷，还有电视台评论员的"Goal！"，也包括室友本人兴奋的尖叫声。

再也睡不着了。

显然室友看球看兴奋了，电视机音量调得很大。张夜在床上翻来覆去，挂在墙上的卡夫卡的小相框都被震动。

最后，他爬起来敲了敲墙壁。

隔壁电视机的音量明显变轻。

张夜长出一口气，躺回床上熬了很久，刚萌生睡意，再度被室友的叫喊声吵醒。

愤怒地睁开眼睛，已是凌晨一点半。

隔壁电视机音量再度调高，张夜的心跳也随之加快，在床上打了几个滚，他暴怒地跳下床来，想要冲进室友房间。

右手已摸到隔壁房门把手了，门里依旧是足球评论员高亢的声音，张夜却默默地缩回自己房间。

窗外，夜色沉沉。

对面六楼的窗户，似乎还有几盏灯亮着。

张夜坐下来，打开电脑，登录"JACK 的星空"……

五 张夜

第二天。

张夜黑着眼圈去上班，挤了半个多钟头地铁，从二号线到静安寺站换乘七号线，紧赶慢赶，没有迟到。

打开办公桌上的电脑，第一个文件就是经理让他改的报表——今天早上必须交，可他还一个字都没动过！

这才记起经理的话，交不出来就只能滚蛋了。

经理每天早上都会来巡视办公室。他在等待自己被骂得狗血喷头，然后收到一纸离岗通知，在所有同事嘲讽的目光下，草草收拾桌子走人。

好吧，一想到可以不用干保险公司理赔员这份工作，反而有了几分轻松。

但林小星会怎么想？他们是因保险理赔相识的，她会反对自己离职的吧？说不定又把他痛骂一遍，为什么不珍惜得来不易的饭碗，要知道如今找个稳定的工作有多难？

张夜的拳头攥起，杀人的念头又喷薄而起，在他眼里经理已经是一个死人了……已经是一个死人了……已经是一个死人了……

奇怪，经理怎么还没来？那家伙可是刮台风都不迟到、打点滴还要开会的工作狂！

提心吊胆地坐到中午，同事们也开始议论经理的消失。听说总经理也很着急地找他。

午休时间，张夜看着昨天买的《悬疑世界》杂志，听到办公室门口一阵骚动。

大老板来视察了？他急忙把杂志塞回包里，却看到进来几个警察，他的双脚开始发抖了。

"知道吗？经理被杀了！"

邻桌同事们窃窃私语起来。

"什么？你没开玩笑吧？"

"真的，我是跟总经理和警察同一部电梯上来的。今天上午，经理被发现死在了家里，是被人用刀捅死的！"

"天哪！是谁杀了他啊？"

"鬼知道？这不是警察来调查了吗？"

张夜几乎从椅子上摔倒。

如果经理真的死了，他并不会因为报表而轻松，相反……"JACK的星空"……

他站起来看了看门口，好像没有警察在站岗，要是现在冲出去坐电梯下楼，还有没有机会逃跑呢？

不，真是白痴！杀人凶手不是自己啊，干吗要畏罪潜逃！

热锅上的蚂蚁。警察从总经理办公室出来，检查了理赔部经理的办公室，然后对理赔部的员工进行询问。总经理依次喊人进入会议室，张夜紧张地趴在桌子上，好像这样别人就看不到他了。

他被排到最后一个接受询问。

"张夜？"

会议室的空气就像要结冰了，警官冷峻地看着他的脸，而他低着头说："是。"

"抬起头来。"

"好的。"

张夜知道自己的眼睛从不正视别人，但这样不就是做贼心虚吗？他强迫自己盯着警察的眼睛，却感觉对方已看透了自己的心。

"有人反映——经理平时经常骂你？"

警官大约三十岁，目光犀利得骇人，张夜不由自主地低头："是……是啊……因为我工……工作不太得力，经理又是很严……严格的人……对了！他真的死了吗？"

"上午九点发现尸体。杀人手段异常残忍。请放心，我们一定会把凶手缉拿归案的。"

说到最后一句话，警官的语气特别着重了一下，似乎是故意说给张夜听的，更让他心里发慌："好……好啊……一定要抓……抓住，严……严惩……"

"好像没有人说你口吃。"

"哦，对不起！对不起！我从……从小，见到警察就紧张，对不起！"

"是吗？听你们同事介绍，你最近负责的一桩理赔案子，就是要跟警察打交道的。"

"对不起！"

不错，他正在处理一桩棘手的理赔案。有个中年男子死于煤气中毒，家属申请意外身故理赔。张夜发现情况并不简单，保险是在一个月前买的，隐瞒了其家庭欠了一屁股债的事实，他强烈怀疑男子有骗保嫌疑。张夜找到公安局，希望警方重新调查，他还提出了保险受益人进行谋杀的可能性。

警方的调查结果却是自杀！死者活得太痛苦了，十年前从工厂下岗回家，一直从事保安之类的临时工作，无法养活老婆孩子。为了给女儿筹措读大学的费用，他向外借了不少钱，无力偿还却遭人逼债。这个可怜人在走投无路之际，选择了购买高额人寿保险，再自杀伪装成意外，意图骗取大约五十万元的赔偿金，正好可以偿还所有债务，还有余钱供女儿读到大学毕业。张夜本该得到奖励，但他反对公司向死者家属提起恶意诈骗的诉讼，觉得对方已人财两空，就让死者安息去吧，结果又被经理臭骂一顿。

"我了解过你负责的那桩理赔案子，如果不是你的努力，或许警方也不会立案调查，你干得不错！"

听到警官对自己的赞许，张夜不禁松了一口气，看来自己给对方的印象还不坏："这是我的工作。"

"现在，我想知道的是，昨天晚上，你在做什么？"

这地狱天堂旋转门也转得太快了！

"啊——"张夜忍不住擦了擦冷汗,"昨天,下班以后,我跟女朋友约会,在久光百货吃了日本料理。"

"到几点?"

警官正拿着小本本在记录呢,更让张夜紧张:"这……这个……大约八点半吧。然后,我就坐地铁回到公司附近的钱柜。"

"新会路上那个?"

"是,我们初中老同学聚会,必须所有人到场,我也只能去凑凑热闹。"

"到几点钟?"

"十……十一点……半吧。"

"别紧张,很多人被警察问话时都这样,没关系的。然后呢?"

"然后——我就坐出租车回家了。"

"回家就睡觉了?"

"是,大约十二点钟到家,就再也没有出过门,直到今天早上。我有一个合租的室友,他可以证明的。"

张夜稍微安心了些。是啊,整晚他都有不在现场的证明——除了在地铁与回家路上，还有晚上睡觉的时间……

"好了，你能不能留下几个人的电话号码？你的女朋友，昨晚参加聚会的一个老同学，还有与你合租的室友。最后，我要你现在的居住地址。"

"哦，真的……真的……要写他们的电话号码？"

"你是害怕让女朋友知道这件事？"警官说到张夜心坎里去了，"总比你找不到证人，被当作犯罪嫌疑人要好吧。"

张夜本来就没有抗拒的勇气，只能乖乖写下一连串数字，至于昨晚聚会的老同学，他留的是曾经万人迷的班长的电话。

"谢谢你的配合，如果你还想起什么线索，请随时随地给我打电话。"警官递过一张名片，他的名字叫叶萧，"最近，你有没有旅游或出差的计划？"

"哦，没有啊。"

"那就好，如果有了，也请提前告诉我一声。"

回到办公桌前，张夜看着屏幕保护的北极星空，耳边传来邻桌同事的八卦声："你们知道吗？今天早上，经理的尸体被发现时，死不瞑目啊，瞪着两只眼睛，只穿一条短裤，心脏被尖刀搅碎了，鲜血流满一屋子——对，就是因为鲜血流出门缝，才被大楼清洁工发现的。"

张夜眼前一黑——经理惨遭杀害的方式，居然跟自己在QQ空间日志里描述的分毫不差！事实上，这是他在心里演练了无数遍的情景，每次看到经理走过身后，或者当着大家的面骂他，上述杀人的画面就会突然浮现。

他颤抖着动了动鼠标，屏幕上变成卡夫卡的脸。

已到下班时间，同事们一边传着经理被杀的事件，一边为少了个魔头上司而幸灾乐祸。张夜茫然地对着电脑，不知今晚可以去哪里。

突然，手机铃声响起，是合租的室友打来的："喂，兄弟，刚才有个警察来过这里了。他特意来问我，昨晚上你几点钟回家的？"

"啊，你不知道吗？"

"妈的，我们是室友，好兄弟，不是吗？我告诉警察，你是晚上八点回来的，回到家就呼呼大睡，直到今天早上才出门。"

"靠!"张夜很少说脏话,这回真的忍不住了,"你个白痴啊!我明明是深夜十二点回来的,当时你还闷在屋里看球呢!"

"晕倒!我还以为你整晚没回来过呢!对不住了,兄弟,昨晚我一直躲在自己房里,先是看了几部最新下载的毛片,到半夜就开始看 AC 米兰跟尤文的比赛了。我从没听到你回来的动静,我担心你是真的在外面打架犯事儿了,因此替你圆了个小谎儿。"

"滚!你要把老子害死啊。"

"抱歉啊,要么今晚我请你吃烤串?"

那个王八蛋显然没意识到问题的严重性,张夜狠狠地挂断电话,直到公司里一个人都不剩,仿佛只有自己在玩命地加班加点。

他的不在犯罪现场证明并不成立——没人可以证明他的清白,即便室友亲眼看到他回来,他也完全可以在后半夜,趁着室友睡着不注意溜出去,杀完人再神不知鬼不觉地回来……

眼前浮起经理的脸,不再是往日谩骂他的那张臭脸,而是死后仍然睁大双眼、布满鲜血的死人的脸。

"居然是你小子!"

他似乎听到经理临死前说的这句话。

难道真是自己干的?几年来,每天遭到经理的虐待,每时每刻都在幻想杀了他。

张夜相信自己终有一天会这么干的!

也许,就是昨晚,或者今天凌晨?所有这一切,都被他强迫着遗忘了,抑或选择性失忆?就像梦游症患者那样,睡着以后爬起来,秘密地走出去,潜入经理家里……

他杀人了吗?

不,我担心的是,他会不会真以为自己杀了人?

晚上七点,他从写字楼出来,惶惶不可终日,紧张地扫视着四周,似乎随时会有警察来把他抓走。不过,他并未发现我的监视。我刚在路边吃了一碗热腾腾的炒面,在凶猛的城管神兵天降,把路边摊主们赶走之前。

昨天中午起,我就一直监视张夜,守在写字楼底层的小咖啡馆,用笔记本上网调查东方神奇人寿保险有限公司,查到了张夜的名字与简历——跟"JACK的星空"QQ空间的描述完全一致,还有他的顶头上司,飞扬跋扈的理赔部经理。当我再次坐上电梯,以保险客户的名义来咨询业务,公司前台热情接待了我,给我派了一名客户经理。当我装模作样地对保险产品提出疑问时,听到办公室里响起一阵咆哮声——"明天早上,如果报告还拿不出来,那你就可以滚蛋了。"

但为了不引起他注意,我很快离开保险公司,继续坐在底楼耐心等待。

下班时分,他准时走出写字楼,看起来精神不坏,难道是把经理布置的工作完成了?我尾随在他身后,高峰时地铁人流涌动,他没注意到我的跟踪。经过两站来到静安寺,他没有换乘二号线,而是出站去了久光百货。

来到七楼日本料理,我故意等了几分钟再进去。一个年轻女子从我身边走过,在服务生的引导下,拉开日式包厢的移门,我才瞥到张夜的脸。

原来是跟女朋友约会。她不漂亮,中等个子,绝非第八篇日志中描述的航空公司前女友。我点了隔壁包厢,虽有最低消费，但我说很快会有朋友到来，可以先上最贵的刺身。

我把耳朵贴着隔板——几乎只是屏风的厚度，可以听清楚八九成。

偷听别人的情话真是难受，只能加大芥末用量，强忍着眼泪不要发出声响。我差不多摸清了张夜的性格，还有他与女朋友的关系。他的父母都不在身边，跟另一个男生合租。她叫小新或小星，住在自家房子里，但是父亲在七个月前去世，母亲则从未提及。至少，她要比他的前女友好一百倍。

八点半，他们走出日本料理店。我藏在一根立柱后面，偷听到他要去参加什么初中同学会，而她对他说"对不起"感到不快。他也真是优柔寡断，大大方方地去就行了，干吗要搞得像去偷情似的？我要是女人，也会生气的。

他情绪低落地独自赶地铁，我跟在后面进了同一节车厢。正好人比较少，我自然地坐在他旁边。

我想，必须要让他记住我的脸。

一番对话后，他明显慌乱。去钱柜应到长寿路站，他却提前在昌平路下车。我没有贸然跟着他,而是去另外一节车厢下车,这样就不会被注意到了。

我一路跟着他来到钱柜普陀店。不能跟进包房,会被服务员阻拦的。我点了一个小包房,然后去寻找最大的包厢——同学聚会能把张夜都请到的话,估计全班同学只要没死的都到齐了。

很快就发现了他,从门口的玻璃往里望去,他正在跟一个大块头男人说话。

是他吗?

第九篇日志中被他捅死的胖律师?

虽说点了包房,但我一首歌都没唱,而是在走廊散步,或去饮食区拿吃的。

终于,我跟他在走廊里擦肩而过。

十一点半,张夜提前告别老同学们,独自坐出租车回家。我也紧急拦下一辆出租车,命令司机必须跟住前面那辆车。

我跟到了他住的小区。不出所料,他住在老式公寓。我无声无息地跟在后面,一直上到六楼。我躲藏在门外的阴影里，听到电视转播足球比赛的声音，AC米兰与尤文图斯的比赛——张夜进门时就已经很响，显然不是他自己开的，而是与他合住的那个人。

两小时后，我才离开这里。手机装载的追踪软件显示，我要找的那个人，就在离此十公里外的一个高级住宅区里。

我打上一辆出租车，打开自己的笔记本，登录"JACK的星空"QQ空间，十分钟前，作者更新了一篇日志——

第十次杀人的经历

今夜，我决定杀了他……

在这篇最新的日志里,"JACK的星空"残忍地杀害了自己的室友,使用的凶器是一根尼龙绳,从背后勒住脖子直至他窒息——只因为那可怜的小伙子,半夜看足球吵到他睡觉。

我才不信呢!

张夜="JACK的星空"!

但他不是杀人狂,只是在苦闷绝望的生活中,把自己幻想成杀人狂而已。

许多人都有过类似的幻想,你也有过吧?

出租车开到一个小区门口。看起来是有钱人住的地方,门卫却形同虚设。我从地下车库进去,根据手机上的追踪软件提示,找到一辆黑色日产汽车。我戴上帽子与墨镜,防范顶上的摄像头,弯腰从汽车底盘下面,摘下电子追踪仪。

下午,我坐在张夜上班的写字楼底下,用笔记本上网登录东方神奇人寿保险有限公司的企业网站。我是一个黑客高手,轻松侵入这家公司的内部系统,发现了理赔部经理的居住地址。但他或许还有其他房产或住所,也不排除今晚跟哪个女人在外开房，必须准确定位他的行踪。我查到经理的私家车牌号，跑去写字楼停车场，在他的汽车底盘下面，安装了电子追踪仪，信号输送到我手机上。

此刻，我把电子追踪仪塞回包里，基本能确定他在这里过夜。

我摸到了他家门口。

虽然，张夜在QQ日志里幻想，他是以直接敲门的方式闯进去的，不过现在这个时间，打电话也未必能把经理叫出来。

还是用老办法吧——世界上没我打不开的锁。

门锁几乎留不下任何痕迹，如果警察粗心，会误以为是受害人自己开的门。

我摘下墨镜，戴着手套走进经理家中。果然是套大房子，就是乱七八糟又脏又臭，典型的单身中年男性住所。

杀人，其实是件很难的事，绝对没有张夜想象中那么轻松。

即便是杀死一个熟睡中的人。

这个男人正躺在卧室，只穿着一条短裤，发出均匀的呼吸声。我打开台灯，用刀抵住他的脖子，然后拍了拍他的脸。

他惊醒过来，看到了我的脸，也感觉到了锋利的刀刃。

算这家伙聪明，作为保险公司理赔部经理，看惯了各种意外伤害与死亡，面对我这个杀人狂，反而表现得异常冷静，没有慌张地拼命反抗——那样他会死得很惨。

不过，他以为我是强盗，轻声道："对面第三格抽屉里有一万元现金，你可以全部拿走。"

他不知道这是对我的最大侮辱。

于是，我一把将他从床上拎起来，直接拖到客厅，将他的后背抵在电视机显示屏上。

当他正要呼喊救命，心脏已被尖刀捅破。

六
不要说分手

"是我杀了人吗?"

晚上七点,张夜还没从公司回家。

他看着电脑桌面的卡夫卡头像,迅速以"JACK的星空"账号登录QQ,这是他第一次在办公室用这个小号。

他重新看了一遍自己写过的《第七次杀人的经历》。

下班前,他听同事们八卦说经理的尸体,是在自家客厅的电视机屏幕前被发现的。

"他只穿着一条短裤,直勾勾地看着我的眼睛,被我猛力推到客厅深处,后背死死抵在电视机的液晶屏上。"

这篇日志里写着这样的文字,让他的后背心一阵冰凉。

张夜立即删除了这篇日志,又把前面六次杀人经历的日志都给删了,当他删到《第八次杀人的经历》时,忽然想起了一个人。

在他的幻想中,她已经被他杀死了。

他紧张地走到窗口,看着长寿路对面那栋大楼,三层有个航空公司的销售代表处。

那个女人,现在肯定下班了吧,不知正在跟哪个老板约会。

她还活着吗?

他从手机里找到她的名字,犹豫片刻还是拨出——

"喂,是你?"

两年没见过面了,她非常意外。

"你还好吗?"

"想要见我?"

为什么漂亮女人的自我感觉总是那么好?

"不。"

"有什么事吗?"

"哦,没有——"

张夜还想再说些什么,她把电话挂了。

虽然,又是一次羞辱,但他毫不介意,也根本不想再见到她。

最重要的是——她还活着。

也许,杀死经理的那个凶手,根本就是出于其他什么原因才杀人的,比如是哪个凶狠的仇家?

六、不要说分手

张夜放心地吁了一口气,有谁会在乎一个妄想狂在网上写的日志呢?当他收拾东西准备回家,手机再度响起,却是另一个女人——他现在最喜欢的女人。

"小星!"还没待她说话,张夜已迫不及待,"这个周末有空一起去看话剧吗?"

"刚才有个警察找到了我。"

她的声音是那么柔和,却让张夜失手打翻了水杯。

"哦……"

"张夜,告诉我,到底发生了什么事?警察问我昨天晚上,跟你吃饭到几点钟,我当然如实回答了。但至于你在八点半以后,是不是去钱柜参加了同学聚会,这一点,我真的没有办法为你证明!"

"对不起!"

"你又说对不起了!我讨厌你说对不起!"

"我是说,我给你添麻烦了。"张夜看着被打翻的茶水,浸透了办公桌上的键盘,"你现在在哪里?我想要当面向你解释。"

八点,中山公园龙之梦七楼餐厅。

"小星,警察还问了你什么?"

"除了询问昨晚你的行踪,还问到你工作上的一些事。但是,除了我们刚认识那段时间,我并不了解你的工作状况,你也从没向我说起过你的同事与上级,更没带我见过他们。"

没带女朋友去见同事,是害怕那些嘲讽讥笑的目光,话里带刺的调侃。

"警察问到我的上司了吗?"

林小星穿了一件平常的T恤,头发扎成自然的马尾,充满怀疑地看着男朋友:"问了,但我都没听你提起过那个人,你的上司怎么了?"

"他死了。"

张夜如此平静地回答,仿佛只是在新闻里报道死了一个遥远的巴勒斯坦难民。

"谋杀?"林小星往后靠了靠,敏锐地意识到什么,"有人怀疑是你干的?就在昨晚?"

"是,经理平常对我很恶劣,无数次当着同事的面骂我。虽然，我一直忍气吞声，但大家觉得我可能是公司里最恨他的一个人。"张夜本想要盯着她的眼睛说话，目光却不由自主地飘乎了，"你……信吗？"

"打死我都不信！就你这样的性格，连只苍蝇都不敢拍死，怎么可能会去杀人？"

这句话在张夜听来更像某种羞辱，他内心暴怒地喝道：谁说我不会杀人？我已经杀了九个人了！

然而，他连一个字都没说出口，蜷缩在座位深处，不断摩擦着拇指与食指。

"说话啊。"林小星的语气越来越硬，"你害怕了？"

"我——没有不在现场证明。"

"可你没有杀人！这不需要什么不在现场证明！难道你不相信你自己吗？"

张夜下意识地点头，但又立即摇头："不是……我……对不起。"

"你要对不起的是你自己，真不知道你在怕什么！就是你这种做贼心虚的态度，才让警察加倍怀疑你的。"

"也许吧。"

"你的上司总是欺负你？为什么以前不告诉我？我们谈了将近半年的恋爱了，你应该让我知道。"

"这么丢脸的事，怎么好意思说。"

张夜说了一句大实话。

"你太逆来顺受了！就像一只……兔子！你听到过兔子的尖叫吗？"

"兔子的尖叫？"

"我听到过！兔子被杀死的时候，那种可怕的尖叫声，只有那时它才会发出声音！"林小星的下巴开始颤抖，面色也变得苍白，"那是我很小的时候，爸爸活杀了兔子给我吃，后来都被我呕吐出来了，从此我再也不碰这种动物了。"

"你的意思是——只有死到临头，我才会尖叫？"

"不，我想到那时你都叫不出来！"林小星悲伤地把头靠在墙上，冷冷地盯着他，"我曾经以为，你就是我喜欢的那种类型——认真负责，坚持不懈，为细节而较真。可是，只有这些还不够啊，我需要的不是一个保险理赔员，而是一个男朋友，一个将来可以做我丈夫，做我孩子的父亲，陪伴我保护我走过一辈子的男人。"

"对不起。"

她刚想说什么，又无奈地收回去，已对张夜的"对不起"麻木了，沉默良久才说："你知道我的妈妈是怎么死的吗？"

"你说她是在你十二岁那年病故的。"

"这回该轮到我说对不起了。"她苦笑了一声，捋了捋因愤怒而乱了的头发，"我骗了你——妈妈并不是病死的，而是被人杀害的。"

"啊？"

"我亲眼看着她被人杀死。"

张夜异常冷静地打断了她："小星，你可以不说的。"

"那是一个噩梦般的深夜。"她却自顾自地说了下去，似乎已当张夜不复存在，只是面对一团空气自白或回忆，"十二岁那年，有三个强盗闯入了我家。当时，爸爸第一个被吵醒，他迅速地从床上起来，却发现强盗带着凶器。那年爸爸还身强力壮，却丝毫不敢反抗。妈妈尖叫了起来，希望引起左邻右舍注意，没想到把隔壁卧室里的我吵醒了。

我不知道发生了什么事,揉着眼睛来到父母卧室。妈妈不想让我落到坏人手里,冲上去与强盗搏斗,拼命堵在他们身前,让我有机会逃出家里。可是,我完全惊呆了,就这样眼睁睁看着妈妈……"

"别说了!"

张夜听着听着,自己也快喘不过气了。

"我眼睁睁看着妈妈被他们杀了……"泪水,从林小星的脸颊滑落,但讲述并未停止,"那些强盗也不是惯犯,只是妈妈的反抗,让他们也变得非常害怕,惊慌失措之际,刀子一次又一次地捅进去……妈妈,就这样死了,倒在自己的血泊之中。本来爸爸是可以去救她的!他却困在墙角不敢动手,尽管面对他的强盗,还比他矮了一个头!"

"你没事吧?"

"妈妈被杀死以后,强盗才冷静下来,甚至对于杀人感到后悔。他们只是入室抢劫的毛贼而已,彼此责怪埋怨了几句,以为邻居们听到了惨叫声,警察很快就会赶来,便匆匆逃走了——连一分钱都没带走,却永远带走了妈妈的生命。事实上邻居也没有人报警。我扑在妈妈身上,哭喊着用手堵住她胸前的伤口,以为她还能醒过来。爸爸则打电话报警喊救护车,但一切都已经来不及了……"

"你恨你爸爸?"

"是。"林小星隐隐咬破了自己的嘴唇,"三个强盗很快落网,一个死刑,一个死缓,一个无期——但这有什么用?能换回妈妈的命吗?在妈妈的坟墓前,爸爸长跪了几个小时,但我永远不会原谅他。直到七个月前,他才那么勇敢地死去。"

"当时那种情况,谁都会产生本能的恐惧。"

"住嘴!你也是和他一样的人吗?可是,妈妈怎么没有逃避呢?如果,当晚我们一家三口之中,必定有一个人要死去的话,那么自然就该是爸爸!不是吗?因为,他是父亲,他是丈夫,他是男人!"

面对激动的女友,张夜只是茫然地摇头。

"抱歉,我不该跟你说这些,只是今晚看到你的表现,想到了太多往事。"她低头又想起什么,刚恢复的理智便消失了,"如果,将来遇到这种事情,你是不会救我的吧。"

最后那句话，说得好绝望，无论对说者还是听者。

张夜抬起头，大胆地盯着她的眼睛："其实……其实……我想要告诉你……"

真的要说出那个秘密吗？说出来对你有好处吗？

耳边又响起一群孩子跟在自己身后的叫嚷："杀人犯！杀人犯！杀人犯！"

十二岁开始，这些声音就潜伏身边，或噩梦中，每隔一段时间便会出来唠叨……

他再度闭上眼睛，强忍着让自己不要大吼出来。

"你要告诉我什么？"

"没……什……么……"

张夜又缩回到座位里，仿佛向外张望就会被爆头。

"你总是这样！"

"对不起。"

"该说对不起的人是我！"林小星抹去脸上的泪水，干脆利落地说，"我们分手吧。"

"能……不分手吗？"

"不……能……"

他屈服了,软弱地点头:"对不起。"

这样一种窝囊的回答,是对林小星更大的打击,她硬挤出一丝微笑:"谢谢你给过我的慰藉,早点忘了我吧,再见!"

张夜眼睁睁看着林小星从面前消失,餐桌上留下她用来结账的两百元。

他呆坐到晚上十点,餐厅关门打烊时才离去,就像个被通缉的逃犯,低着头走出龙之梦商场,抬头却看不到一颗星星。

顺着轻轨高架桥走了片刻,直到苏州河的堤岸,他看着黑暗中的河水,反射出四周高楼的波光。

杀人犯……杀人犯……杀人犯……

张夜堵住耳朵,却是徒劳,似乎那群孩子已追到身后,即将一把将他推入河里。

他已无法控制自己,跨过河边的水泥护栏,双腿悬空在散发异味的水面之上。

想要飞。

伸开双手,闭上眼睛,真的飞起来了。

飞行持续一瞬，便直线往下自由落体。

他掉进了苏州河，冰冷的河水淹没头顶，无论四肢如何本能地扑腾，都只剩下一团黑暗的脏水……

这家伙居然跳河自杀！

我飞快地扑到河边，看着水中一圈圈波浪，就是看不到张夜的头顶，恐怕他天生就是个秤砣。我想他已经吃到了水，很快就要被淹死。

我脱下外套，纵身跳入苏州河。

好几年没游过泳了，不知水性能不能保持？睁眼什么都看不到，浑浊的河水与泥土，不断掠过脸颊……就在要憋不住气时，一只手抓住了我的脚踝。

传说中的淹死鬼？

眼看要被这只手拖死了，幸好苏州河水不太深，我用尽全力弯下身子，抓住他的肩膀，艰难地托出水面——但愿救起来的是他，而不是其他什么东西。

我重新呼吸到空气，痛苦地呛水咳嗽起来。苏州河边的灯光下，我看清了张夜的脸，惨白的濒死的脸。

希望不是一具尸体。

河边已有多人围观，有人往水里扔下绳子，我将他捆住，回到岸上。

张夜没有呼吸了，显然呛入了大量的水。

我大吼着叫周围的人散开，多给溺水者留些空气。看着围观者的目光，我才意识到自己正赤裸上身，裤子上沾了不少脏东西，浑身散发着怪味。

管他呢！

我蹲下来拍着他的脸，用力压着他的胸膛，想把他吃下的水挤出来。

是要给他做人工呼吸呢，还是做人工呼吸呢，还是做人工呼吸呢？

当我正要把自己的双唇，堵向这个男人的嘴巴，他却吐出一大口水，喷到我的脸上。

好吧，他活过来了。

就在张夜睁开眼睛的刹那，我怎么想起了安徒生童话？真想抽自己一个耳光，他却发出微弱的声音："谢……谢……"

"不要说话!"

我扶起他的上半身,继续拍着后背,帮他吐出剩余的脏水。

他可以自己站起来了,感激地看着我的眼睛:"谢谢……谢谢你救了我……其实……我不是想要自杀……只是……"

"别说了!"我这才穿上衣服,头发还在滴水,"我家就在旁边,我带你去换一下衣服。"

没错,他的衣服也散发着苏州河里的臭味,整个人像是从垃圾堆里爬出来的。

而我家就在旁边,这是真的,没有骗他。

张夜茫然地点头,跟着我穿过马路,走进一个老式的居民区。他对我已无丝毫戒备之心,浑然不知将进入一个真正的杀人狂的家里。

但这很正常,人们对于拯救自己性命之人,总会加以无限的依赖与信任,不是吗?

巧得很,我也住在一栋破烂公寓楼里,也要爬过贴满各种小广告的楼梯,同样也是六楼的一套单元。

不巧的是，我没有室友。真正的杀人狂，自然是独来独往的。

我家里很小，只有一室一厅，但收拾得干干净净。有个简易的藤质书架，堆满了我最爱的历史与军事书。不用给客人倒水了，他已经喝够了水，恐怕今后一个月看到水都要吐了。我直接打开卫生间，替他放出淋浴的热水，还给了他一套从未拆封的干净内衣。

张夜感激地喏了一声，没有任何犹豫或防范，钻进我的卫生间开始洗澡。

听着卫生间里传出的水声，我用大毛巾擦干头发与身体。屋子里还是散发着臭味，我便把刚才穿过的所有衣服，扔进了门外的垃圾桶。

十分钟后，他穿着干净的短裤汗衫出来，头发间飘出我用的洗头水气味，再也看不出苏州河水的痕迹了。

"对不起！"

他羞涩地低下头来，而我给自己披上浴巾，微笑着说："没关系，现在感觉怎样？"

"哦，已经没事了，非常感谢！"

"不客气,救人一命,胜造七级浮屠。"

"你信佛?"

"其实,我什么都不信。"我打开一个小柜子,有白酒、红酒、啤酒、黄酒,甚至日本清酒,"喝一杯吧,落水的人需要喝酒,祛除寒气。"

"好啊!不过,我酒量很差,只能喝啤酒。"

我打开啤酒瓶,倒入两个一次性杯子。

"干杯!为了庆祝死里逃生!"

张夜有些犹豫,随后便一口气喝完,这才开朗很多:"啊!第一次感觉心情那么舒畅!"

"太好了!"

他好奇地看着我家里的摆设说:"你是做什么的?"

"我是一个作家。"

"哦?真是荣幸啊!"

"我专门写关于犯罪与杀人的小说,你看过《悬疑世界》杂志吗?"

"太巧了,这是我最喜欢的杂志,每月1日刚上市就会去买,尤其喜欢里头的小说连载。"

"那个连载就是我写的。"

"你是蔡骏?"

"哎呀……"我尴尬地笑了笑,喝下一大口酒,"没想到,今晚救了一个读者,真不好意思啊。"

"可是,我听说蔡骏滴酒不沾。"

我面不改色地撒着谎:"嗯——那是过去,每个人都会改变的!最近心情不太好,也开始借酒浇愁了。"

"我真是……"他激动地站起来,完全相信了我的鬼话,"幸好……幸好没有死掉啊……等一等……我好像在哪里见过您?"

"没错,我也觉得你眼熟——1995年的暑假,你在静安区工人体育场踢过足球吗?"

"啊,是您?"张夜瞪大了眼睛,再次直视着我,"昨晚,地铁上?"

"还有在钱柜。"

"世界真小啊!"

"对,我觉得你很像一个人,但我并不知道他是谁,只记得一起踢足球时他的脸。"

"我们真是太有缘分了!"

"为缘分而干杯!"

干掉了这一杯,张夜脸上发红了:"这些都是天注定,是吗?"

"可我还是想要知道,你真的不是自杀吗?"

"既然面对的是您,那么我也就不说谎了——我不想自杀,但是想到了死。"

"为什么想死?"

他沉默了半分钟,给自己倒了一杯酒:"我能说是因为失恋吗?"

"不能——男人可以为任何事而死,但不应该为了失恋。"

"其实,我也是这么想的。"

"你很喜欢你的女朋友?"

"非常喜欢!我觉得,这辈子可能找不到第二个像她这么适合我的女孩了。"

不错,我也觉得是这样!

"你很难过?如果有机会的话,你还会不会再去找她?"

"当然会!"但他又难过地摇头,"可是,她已对我绝望了,我不是她喜欢的那种男人。"

"听着,张夜,你会成为那种男人的!"

"对不起,我好像没有跟你提起过我的名字?"

面对他的疑惑,我拿起他的钱包:"这是你掉在苏州河边的,有你的身份证。"

"啊,谢谢。"他接过钱包,根本没打开,看来对我非常信任,"我一直想要改变自己,但那仅仅存在于幻想中。"

"张夜,你是一个特别的人。"我强迫他盯着我的眼睛,让他没有回避的空间,"我想知道,是什么让你成为这样的人?"

"我能不说吗?"

"不,你必须说!否则,你永远无法改变自己,早晚还是会想到死的。"

我又给他倒满了一杯啤酒,不经意间已喝完三瓶。

"对不起,我从没喝过这么多酒!"

他没有意识到,自己的脸已经红透了,半小时前还像死人般苍白。

"因为,你在体验痛苦的同时也感到了某种兴奋。"

"是,能够遇到您当然很开心!"

"那为什么不说出来呢?就在你的记忆深处……"

"我?"

"每个人都有自己的故事!"我看到他的鼻尖都在颤抖,他在缓缓触摸记忆的保险箱,而我正在帮他找到钥匙,"你有的,我知道!"

沉默许久,张夜喝下一大口酒,脑袋微微摇晃着说——

"在我十二岁以前,我们一家三口很幸福。我的父母都是工人,他们在同一家工厂上班,就在离我家不远的河边上。"

钥匙已插入了保险箱。

"真是让人羡慕!"

"那年头,大概是这样的吧。因为是双职工家庭,父母经常带我去他们的工厂。特别是爸爸工作的那间大厂房,还在使用20世纪50年代从苏联进口的机器,窗户都是彩色的毛玻璃，有堵高大厚实的墙，顶上还残留着十字架的痕迹——据说过去是白俄流亡者的东正教堂。"

"不错啊，那厂房还在吗？"

"现在，工厂早就关门了，大部分被拆了，唯独这间大厂房还在，据说是文物保护建筑，但从没人管理过，就这么荒废了。"

"你说的都是十二岁以前，那一年，发生了什么？"

张夜正襟危坐起来，尽管只穿着短裤汗衫，还是把四肢靠得很紧，低头说："十二岁——我还戴着红领巾，是班里的中队长。爸爸染上了赌博恶习，几乎每晚都在外面打麻将，短短三个月，欠下了几十万赌债，当时已是天文数字！更可怕的是，爸爸最大的一个债主，还是放高利贷的。那些家伙是地痞流氓，天天上门讨债，把家里稍微值点钱的东西都搬光了。其中有个浑蛋，总是对我妈妈动手动脚，而爸爸居然不闻不问，他怕惹怒了高利贷会挨打！"

"这就是你爸爸的性格？"

"是啊，没想到，我也完全继承了他的性格，遇到坏人就忍气吞声，整个一窝囊废！"

"这不是你的错。"

"那一年,妈妈也快被他们逼疯了——为了逼迫我们家还债,他们竟然以我的生命作为威胁。他们会在我上学放学的路上跟踪,时不时出来逗我玩,妈妈只能乖乖地就范——我想,她大概被迫跟其中一个放高利贷的男人上过床吧。"

"放高利贷的畜生!"

我激动地敲了一下桌子,几乎把啤酒瓶砸碎,张夜点点头:"是的,人总是会被畜生逼疯的。终于有一晚,那三个男人又来我家催债,爸爸照旧任由他们欺负,妈妈却也忍无可忍——因为他们钻进我的房间,把我新买的一套课外书拿走了。妈妈从厨房拿了把刀子,像个精神病人似的冲出来,在短短的一分钟内,将三个男人全部刺死了!爸爸吓得躲在角落里,而我也呆呆地站在中间,清楚地看着整个杀人过程——第一个男人被刺中脖子,差不多是被妈妈割喉了;第二个男人被刺中心脏,鲜血喷溅了整面墙壁;第三个男人被刺中肚子,就是对妈妈轻薄的那个浑蛋,紧接着又被砍了好几刀,倒在地板上一路爬到门口,最后在邻居的尖叫声中死去。"

描述这段杀人情景到最后,张夜的双眼已经发红,右手下意识地挥舞,似乎也握着一把锋利的匕首,正在刺入放高利贷的浑蛋的身体……

"每个人都会有痛苦的过去。"

我紧紧抓住他的手,让他渐渐地平静下来。

"对不起!我太激动了!那么多年,我一直想要忘掉这个场景,可它一直在我脑中不断回放。每个夜晚我都会梦见妈妈杀人的细节,梦到满屋子的鲜血与尸体,梦到我的红领巾上也沾满了血腥味。"

"后来呢?"

"妈妈发现自己杀死了三个男人,她也吓得手足无措,呆呆地坐在家里,拿起拖把来清理地上的血迹。爸爸则瘫倒在地上,认定高利贷会回来复仇。邻居早就报警了,妈妈在家里被警察抓获。三个月后,她被判处死刑,立即执行,枪毙。"

"她不该死!"

"是,该死的是那三个男人。终审判决那天,爸爸带着我来到法庭，看到了妈妈最后一眼。她面无表情地看着我，似乎泪水早已流干。当我还来不及摸到妈妈，她已被法警拖上了刑车。"

"你的爸爸呢？"

"我讨厌那个男人，虽然我是如此像他！给妈妈下葬以后，爸爸为了逃避高利贷的报复，独自潜逃去了广东，至今仍然杳无音讯，我想他可能已经死了吧。"

"十二岁以后，你一个人是怎么过来的？"

"原来的房子成了凶宅，也被高利贷霸占了。我搬到附近亲戚家，他们待我很好，却永远不能改变我了。同学们都住在一条街上，出了那么大的事，街坊邻居早已传遍。虽然，有许多人同情我，更多的人则是厌恶——他们说我爸爸是个赌棍，在麻将房出老千被抓住，才欠下了巨额债务。最可怕的谣言则是关于妈妈的，竟说她是个不要脸的贱货，勾引放高利贷的男人，才惹出了杀身之祸。没有孩子再愿意跟我一起玩了，同学们每天欺负我，让我孤零零一个人走在操场里，以我为圆心半径五到十米内，成为一片荒芜的空地。他们给我起了个绰号——杀人犯！经常有一群小孩子，跟在我屁股后面大喊：'杀人犯来啦！大家逃命啊！'从那时起，我就有一种幻想，要把所有的同学杀光！既然他们都叫我杀人犯……总有一天，我会成为他们所说的那种人！"

"不要！在这个污浊的世上，总有各种污蔑与谣言，无中生有，甚至栽赃陷害……某些时候，夜深人静，我也想杀了他们！但能解决问题吗？"

"能！我要杀了他们！"

记忆的保险箱已被完全打开，张夜掏出藏了十七年的鲜血与尖叫，拿起啤酒瓶大口吹起来，最后砸到地上粉碎了。

他烂醉如泥地倒在沙发上，无论怎么叫都无法醒来，我给他盖上了一条毯子。

假杀人狂已经睡着，真杀人狂却要去杀人了。

"晚安，张夜。"

七
一场喝醉的美梦

八小时后。

天,早就亮了。窗外鸟鸣此起彼伏,将张夜从沉睡中唤醒。浑身肌肉酸痛,脑袋几乎要被撑破,这是昨晚酒醉留下的痛楚。掀开一层薄薄的毯子,他从沙发上爬起来。这个房间如此陌生,地上散乱着空酒瓶,厚厚的玻璃碎片,飘荡一股酒精气味。

他跑进卫生间洗了把脸,用冷水猛冲脑袋,才想起昨晚发生的一切。

晕!竟然在蔡骏家里喝醉睡了一夜?

张夜刚想抽自己一耳光,看看是否在做梦,身后就闪现了昨晚那个神秘男子。

"蔡骏"也是刚睡醒的样子,指着洗脸台上的牙刷牙膏说:"随便用,别客气!"

"对不起!昨晚我真是的——怎么会喝醉了?实在是打扰了!"

他低头道歉,脸颊红得就像苹果,对方轻描淡写地回答:"没关系,就当在自己家。"

几分钟后,张夜洗漱完毕出来,"蔡骏"已做了几个荷包蛋放在餐桌上。

看到主人热情的招待,他也不好意思拒绝,两人便一起享用了早餐。

平时,张夜只在上班路上草草吃些东西,这回却吃得大饱:"太感谢您了!啊,我现在要赶去上班了,还有一个很不好意思的请求——能不能送我一本签名书?"

"哦?"

"除了卡夫卡,您是我最喜欢的作家了,哪怕是一本签名的《悬疑世界》杂志也行!"

对方愣了一下,却发出爽朗的大笑:"哈哈哈!抱歉啊,我不是蔡骏!昨晚,我也和你一样喝多了,就随口一说开了个玩笑,你可别介意哦。"

"啊?你真的不是蔡骏?还是不愿让我知道?我会为您守口如瓶的,更不会泄露您的行踪与住址。"

"放心吧,我怎么可能是那个家伙?看看我住的破地方,再到网上去搜搜他的照片,就知道根本不可能是我啊。"

张夜困惑地搔了搔后脑勺,再看眼前这个男人苍白的脸,确实感觉不太像蔡骏。

"好吧,就当昨晚是个梦。"

"先是你要自杀的噩梦,然后是一场喝醉了的美梦。"

"什么美梦?"

张夜猛然摇了摇脑袋,昨晚的梦似乎全都忘光了。

"那就不说了吧。"

"哦——"他还想再多聊两句,但上班快迟到了,只能借了这个陌生男人的衣服,走到门口说,"再见,我能留下你的电话号码吗?"

那个男人报出一个手机号码。

张夜的手机掉到苏州河里了,只能用一张纸条记下来。

"对不起,还不知怎么称呼?"

"X。"

"啊?"

"你叫我 X 就好了,这就是我的名字。"

九点过十分,张夜才赶到公司打卡,被行政罚款了二百元。

打开电脑，桌面上依然是卡夫卡的照片，这个遥远的奥匈帝国犹太人说过："不仅仅在这里的办公室，而是到处都是笼子。我身上始终背着铁栅栏。"

从十二岁那年起，张夜就一直是这么感觉的。

每个白领上班第一件事，通常都是背着老板上网浏览新闻，而他的老板刚被人杀了，至少不会有人站在背后，将他像小鸡似的拎起来。

本地新闻冒出一条劲爆消息——今天凌晨，一名单身女子在家惨遭杀害。

杀人？

他本能地点开这条新闻，受害人名字被隐去了，但案发小区很眼熟——这不是前女友的住址吗？

死者生前系一家航空公司销售处职员，发现尸体时还穿着航空公司制服，有人分析凶手可能是制服变态。警方同时在凶案现场发现，死者储藏的大量贵重首饰被盗。凶手作案手段非常凶残，在死者身上连刺七刀……

连刺七刀?

张夜想起第八篇杀人日志,正是连刺七刀才杀死了航空公司前女友,同样在作案后拿走了贵重首饰,将现场伪装成入室盗窃杀人。

相同的住址,又是航空公司销售处,以及半夜里也穿着制服……

最后,跟帖的网友爆出了死者生前的照片。

她死了。

虽然,两年来他一直想以同样的方式杀死她。

张夜浑身冰凉地坐着,幸好昨晚手机掉苏州河里了,里头还存着昨晚与她的通话记录!

警察会不会又找到自己?肯定会调查死者的社会关系,虽然分手已经两年,但还是会被知道的——何况只要一看她的通话记录,张夜就会立即凑巧地跳了出来!

可是,他有不在现场证明!

昨晚先是跟女朋友吃饭,悲惨地遭遇分手,又跳进苏州河几乎淹死——有许多人可以证明。

后来,就是那个神秘的男人。

X？

昨晚大部分时间，是这两个男人在一起喝酒，聊天，回忆，迷醉……还有什么？

虽然，一大早从他家沙发上醒来，可张夜记不清，凌晨时有没有出过门？

再也不敢想下去了——是不是跟上次一样？半夜跑出去，杀了人又回来，一觉醒来忘得干干净净？

张夜拿起公司的固定电话，虽然已没了手机，但他还记得林小星的号码。

他拨完那个熟悉的号码，又颤抖着把电话挂了，为什么要让她知道这些？不是已经分手了吗，这不是再一次去骚扰她吗？

不，不能让她再和自己沾上任何关系，也不能让她遭遇任何可能的危险。

林小星会不会有了新的男朋友？

于是，张夜的鼻头一酸，忽然间是那么想她。

有部电影叫《这个杀手不太冷》，我喜欢那个杀手

Léon，他说过一句话——

> 你杀了人以后，一切都会变了。你的生活就从此改变了，你的余生都要提心吊胆地过活。

至理名言。

昨晚，张夜在我的沙发上睡着以后，我便带上沉重的背包出门。

我打上一辆出租车，来到一个安静的小区。还不到十二点，我想她不会这么早回家，但愿没在外面过夜。我等在张夜的前女友家门口，他日夜惦记着要杀掉的女子。既然我已知道张夜在哪里上班，就能轻而易举查出对面那家航空公司销售处。至于整天穿着制服，身材高挑，脸蛋漂亮，私生活混乱的女人，我想在那里不会有第二个人。

守株待兔了半小时，她回来了，还是身着制服，腿穿黑丝，散发性感的香水味。开门刹那，我冲出黑暗，将她推入玄关，尖刀刺入后背。

一、二、三、四、五、六、七……

心里默默地数了七下,在她身上留下了七个洞口。

她死了。

当我浑身是血地站起来,在她家里走了一遍,果然如同张夜的描述——他可能来过这个房子,未必打开过她的衣橱与抽屉,但他的猜测与想象都是对的。

我用手套取走她的许多值钱的首饰,比如钻石项链与白金戒指,带走这些东西可以帮助我逃过警方的追捕。

不过,身上那么多血可得清理干净。我将血衣塞入背包,走进死者的卫生间,打开热水给自己洗了个澡。或许,警方会发现陌生男性的毛发,但未必是杀人犯的,也可能属于跟她有染的男人。

最后,我换上早已准备好的一身干净衣服,离开了杀人现场。

就像张夜在杀人日志里写的那样,我是一路步行回家的。我把死者那些值钱首饰,全部扔进差点淹死张夜的苏州河里。

回到六楼的家里,张夜依旧在沙发上熟睡。我和衣躺在床上,在满屋子的啤酒味中,默默等待天明。

此刻，又过去了二十四小时。

整个白天，我没有跟踪张夜，而盯上了另一个人——"JACK的星空"里杀死的第九个。

我见过那个人。

监视张夜的第一晚，他们初中同学聚会的钱柜KTV，我在厕所与那人打过一个照面。他比我高了半个头，体重可能是我的两倍，大大的肚子几乎要贴到便器上了。他完全没注意到旁边的我，而我的目光已判决了他死刑。

很快核实了这个男人的身份——出身法官家庭，现为知名律师，收入丰厚的钻石王老五，正是张夜日志里写到的"大块头"。

现在，最漆黑的暗夜，我默默潜伏在他家窗外。

这是底楼的小花园，翻越围墙并不困难，耐心等待到凌晨两点，看到他醉醺醺地回来。但这家伙并没有睡到床上，而是打开电脑工作，大概明天有重要案子处理。这可有些麻烦，现实与张夜的想象总有距离。如果直接跳窗进去，面对那么庞大的身躯，根本没有任何机会。

于是，我蹲下来敲打窗户。

那声音就像电报信号,让屋里的主人无从抗拒。他刚推窗往外看,我便一跃而起,尖刀刺入他的咽喉。

大块头没有反抗,直接倒在地板上,刀子还停留在他脖颈处。

我翻身跳进房间,小心地把窗帘拉上。没想到他突然跳起,直接扑到我身上。我的反应迅速而冷静,抓住他脖子上的刀柄,又往里深深地捅了一下。

挣扎持续了几分钟,刀子一度被他夺走,又被我抢了回来。他像斗牛场上的公牛,直到差不多耗尽鲜血,虚弱地倒在床上。

他还活着。

喉管居然没被割断!大块头干咳几下,嘶哑地说:"不……要……杀……我……"

这家伙的生命力太顽强了,简直让我心生敬意!我擦干净脸上的血,喘着粗气趴到他耳边:"你,还记得杀人犯吗?"

"杀人犯?"他痛苦地颤抖了半分钟,又挤出几个字,"不是你吗?"

"你还记得有个初中同学吗？你们给他起绰号叫'杀人犯'，其实，他从来没有伤害过任何人，而你一直在带头欺负他，还剥光了他的衣服，扔在女厕所门口，任其遭受全校师生的羞辱。"

他的脑子缓慢地搜索着，直到濒死的双眼，露出恐惧的目光："啊？是你？"

我想，到了这种时候，他已分辨不出我与张夜的脸了。

"是，就是我。"

"对……对……不……起……"

"太晚了。"

我看到他的脸上写满悔恨与懊恼，虽然当年还是个孩子，但每个人总要为自己的所作所为负责，不是吗？

"请原谅我！不要杀我！我会赔偿给你许多钱！会尽一切所能来赎罪！不要杀我！"

死到临头，大块头说话又变得流利了，露出了律师本色。

我割断了他的喉咙。

抱歉，你再也不能在法庭上滔滔不绝了。

当我离开这个充满搏斗痕迹的房间,才发现自己胸口也在流血——居然被刺中了一刀!两个人殊死拼命时,完全没有感觉,现在才有了一丝疼痛,很快便疼得几乎昏倒。

我也要死了吗?

八
今夜，无家可归

大块头死了。

第二天,张夜接到了同学的电话。

他的惊讶并不是因为老同学遇害,而是自己居然还能接到通知。大概前几天刚聚会过,总算在名单末尾没有漏了他自己。

杀人凶器还是尖刀,大块头家里到处是血,与入室强盗有过激烈搏斗——同学不无钦佩地为死者赞叹:"他真是无所畏惧的好汉子!"

接完这通报丧电话,张夜坐在办公室里,看着屏保的北极星空画面。

傍晚六点,同事们开始收拾东西准备下班了。

张夜不知该下班还是该去死。自己的第九篇杀人日志,再度变成了真实的凶案。

虽然,与幻想中的杀人情景略有不同,但这样的结果似乎更完美——大块头被杀死的过程,肯定要比之前的描述更为痛苦。

这不是自己十多年来一直渴望的结果吗?

可惜,没有亲手杀了他。

经理,"前女友",大块头同学。

下一个是谁?

"JACK的星空"的第十篇日志,也是最后一次杀人经历,是关于他合租的室友——他不堪忍受其半夜看球声音太吵,愤而踢门将之杀害。

不,张夜没想过要杀他!合租一年来,室友间关系还算融洽,那天凌晨写日志纯属发牢骚。

想起电脑里留有室友的身份证号码,他立即上网用室友的名字买了一张火车票,然后狂奔着冲出公司。他跑到楼下银行,从自动取款机里提了五千元。本想在路边拦出租车回家,却发现下班高峰时段街上堵起长龙。他只能改坐地铁回家,一路小心捧着装有现金的背包,照例挤得骨头散架地回到家。

六楼,打开房门的刹那,他闻到一股特别的气味——十二岁时在家里闻到过这种气味。

张夜的心脏几乎要停止跳动了,这种气味只有他才闻得出来,就像死神腋下的香水。

他下意识地放慢脚步,像一只小心翼翼的猫,推开室友的房门。

"不!"

他控制不住自己,尖叫起来,似乎左邻右舍都要听到了。

他看到了室友的尸体——横在地上,脖颈缠绕着一根尼龙绳,舌头已伸出嘴巴。

一群苍蝇钉住他的眼睛与耳朵,或许正在死人的七窍里产卵,几天后就会孵化出蛆虫。

他是被人从背后用绳索勒死的,与张夜在日志里描述的杀人方法完全相同。

第四个!

日志里的最后一个,还会不会有其他人?比如,经理之前的那六个人?

张夜已把自己看作了第一嫌疑人,他不敢碰房间里的任何东西,唯恐留下指纹。他的包里还有五千元钱——这是给室友回老家的路费,还有在网上买的那张火车票。因为室友肯定会把他当作精神病,更不相信什么杀人狂的鬼话,唯有如此才能把他赶走——只要离开这座城市,或许还能保住一条小命!

他慌张地冲出去,连房门都没带上,一口气跑到楼底。

半小时后,张夜步行到中山公园时,已是饥肠辘辘,在路边吃了碗兰州拉面。他掏出昨天新买的手机,里面只存了不到十个电话号码,其中一个联系人叫"X"。

张夜知道那家伙就住在边上,可是贸然上门不太礼貌,还是打个电话问一下吧。

"对不起,您拨打的电话已关机,请稍后再拨。"

真想把手机砸了!

不过,他又想起了另一个人——不,他使劲摇了摇头,千万不要去找她,不要让她再陷入旋涡,更不要让她有任何危险!

张夜脑子里已一团糨糊,可他太想跟林小星通话了,哪怕只是听听她的声音。

"对不起,您拨打的电话已关机,请稍后再拨。"

手机上所有的联系人都同时关机了?

张夜感到某种不安,难道林小星也?他猛扇自己一个耳光,但还是放心不下,便打上一辆出租车,赶往浦东林小星的家里。

车子在高架上堵了许久，八点才到德州新村的一个小区。这是林小星父亲留下的房子，现由她独自居住——她带张夜来过几次，但从没留他过夜。

她不在家。

还在加班？虽是护士，但林小星属于门诊部，很少会晚上留在医院。

一小时后，他来到杨浦区的一家公立医院，问了好几个人才有结果——她在傍晚六点准时下班，不知道去了哪里。

她火速有了新男友？张夜不相信会有这种事！

心急如焚地走到街上，一种不安全感迫使他走进一家超市。他刚从收银台走出来，给自己戴上新买的口罩与帽子，却看到超市门口的电视机里，紧急插播了一条警方提示——

今晚七时，本市某小区民宅内发现一具年轻男子尸体，遇害时间不超过十二小时。与被害人同住的男子，具有重大作案嫌疑。警方向全城发布通告,请市民一旦发现该嫌疑人踪迹,立即拨打110报警。

张夜在电视上看到了自己的照片、姓名、出生年月、工作单位。

最后,主持人特别提醒电视机前的观众——

> 据市公安局叶萧警官介绍,该名犯罪嫌疑人极度危险,身上可能藏有杀人利器,最近犯下数桩凶残的案件,请市民务必提高警惕,深夜不要在外逗留,入睡前记得关好门窗。

好吧,平生第一次上电视,却是以通缉犯的身份。

张夜平静地看着电视中自己的照片,第一反应却是——这是什么时候拍的啊?怎么把自己拍得那么难看?就像是个白痴的小丑!公司入职时的报名照吗?

忽然,超市收银员大妈对张夜说:"吓死人了!小伙子,晚上不要荡在外面,早点回家吧!当心碰到杀人狂!"

"谢谢!"

张夜很有礼貌地点头,戴着口罩与帽子,装模作样地咳嗽几下,缓缓走出超市大门。

他离开超市大妈的视线,立刻飞奔着躲进树荫下。他游荡在城市阴暗的角落,即便戴着帽子与口罩,依然害怕被人看到。不能坐地铁与公交车,连出租车都不敢招手,因为电台可能也在播报通缉令。

也不知该去什么地方,只能蹲在一个桥洞底下。他闻到一股浓浓的酸臭味,因为常年有人在此大小便。他又感觉自己如此疲倦,累得真想一觉睡去再也不醒来。周围是几个无家可归的流浪汉,用废纸板箱搭起睡觉的小窝。

今夜,他同样也是无家可归。

就这么东躲西藏一辈子?跟这些流浪汉一样?或许躺在身边的那个人,也是许多年前的杀人狂?不,自己没有杀人!没有,又何必逃跑呢?如果,不是此地无银三百两地潜逃,警方也不会认定自己就是凶手。

正当张夜在后悔自己的愚蠢,站起来准备去公安局自首，以为只要说清楚就会没事时，心底又响起另一群声音——

杀人犯……杀人犯……杀人犯……

这些声音从来没有从耳边消失过，尽管"大块头"已经死了。

张夜坐倒在桥洞下，捂着耳朵颤抖，连流浪汉也过来关心他，问他是不是打摆子。

自己真的杀了人？

还是最初的感觉，他有强烈的杀人动机及欲望，也具有完整的作案时间。至于，那个神秘男子X，完全是被臆想出来的，是张夜的另一个人格？

没错，杀人的是X——而X就是自己！

张夜绝望地抬起头来，星空却难得如此漂亮，就像北极群星一般闪耀。

当他把头低下，却是倍感孤独。

前所未有的孤独。

九
真实的幻觉

我也喜欢这里。

抬头是拜占庭式的高大穹顶，月光透过不知多少年头的彩色毛玻璃，倾泻到斑驳脱落的高墙上，布满灰尘蛛网的木十字架上——"文革"时造反派要把它砸烂，却因为太高，有人爬上去不慎失足摔死了。

我用铁钳打开锁链门的刹那，就像走入中世纪的坟墓，迎面扑来一股霉烂腐朽的气味，让人怀疑有埋藏多年的尸体。张夜说得没错，这里有巨大的机器，很符合机甲战士的设定。机器上印着俄文字母，褪色的硕大红星，果然是老苏联的古董。

我能想象二三十年前，这间屋顶下的热火朝天：工人们穿着蓝色工作服，拎着各自的铝制饭盒，装着老婆或老妈烹饪的菜肴，操纵这台堪称神器的大家伙，每个人都那么自豪与骄傲。如今，他们大多已老去，秃了头发挺着肚子在家，领着退休金带着孙辈……

想起小时候吃饭用过的饭盒，我的手里正拿着一次性的塑料饭盒——这玩意儿跟尸体不太一样，埋在地下哪怕五十年都不会烂。

厂房深处有间小屋，从前是车间主任办公室，门口点着几根蜡烛。我打开铁皮门的环形锁，将一盒鸡腿饭套餐，以及一瓶矿泉水塞了进去。

等待良久，才见到一只女人的手，缓缓接过盒饭。

我重新把门锁好，默默等待了一刻钟，门里响起手指的敲击声。

开门接过吃剩下的饭盒，看样子她的食欲还不错。

当我正要把门关上，里面冒出一句幽幽的话："我想上厕所。"

这真是个难题！

大厂房里当然没有洗手间，而外面是一片废墟和工地。苏州河边的荒草丛中，不知藏着什么脏东西，何况她作为我的囚犯，随时都有趁机逃跑的可能。

我在四周转了一圈，捡起一个搪瓷托盘，用布随便擦了擦灰，塞进小房间。

"这怎么行？"

黑暗里传来颤抖的女声。

"抱歉，条件有限，我会帮你清理干净的。"

犹豫片刻,看来是急得不行了,她还是接过托盘,把门关上。

几分钟后,门里响起手指敲击声,我小心地打开环形锁,搪瓷托盘已放在门口,漂浮着一层黄色液体。

我把托盘稳稳地端出来,先把铁门锁好,将水倒在外面的野草丛中。为了让她不再嫌弃,我在月光下走了很远的路,好不容易找到一个水龙头,把搪瓷托盘洗得干干净净,然后回到这间巨大的监狱。

"求求你!放我出去!"

"小星,现在还不行。"我第一次对一个女人如此温柔。

"你知道我的名字?对,你拿走了我的手机。"

"不,我本来就知道,林小星。"

"为什么要绑架我?"

"因为——张夜。"

她的声音越发颤抖:"你也认识他?"

"是,但他不认识我。"

"你究竟是谁?"

"X。"

"变态!"

她一定非常恨我吧?

"你到底想要怎么样?为什么绑架我这个护士?我家里没有钱,付不出你要的赎金。"

"可是,你不是拿到了你爸爸的保险理赔金吗?"

林小星被我的这句话噎住了,愤愤地说:"那是用他的命换来的!"

"我一点不想要你的钱。"

"我男朋友也是个穷光蛋!"

"你们不是分手了吗?"

她再度语塞,沉默许久:"是的。"

"真遗憾啊!"

"你不想要钱?而我又不漂亮,你不会想要对我怎么样的。"

林小星很聪明,但我必须打击她一下:"像你这样说,不怕激起绑匪的欲望吗?"

"哦——我不怕!"但她随即又嘴软了,哀求道,"我感觉好闷,能不能把门打开,我保证不逃出去,憋在这个小黑屋子里,我快要窒息了!"

"保证不逃哦!"

我打开铁门,从袋里掏出一根蜡烛,点燃后放进小黑屋,照出一张年轻女子的脸。

虽然林小星并不漂亮,但在黑夜烛光的照耀下,却别有一番风味。她像受到惊吓的小动物,拿起白蜡烛,让烛火在呼吸中跳舞。

"谢谢!"

她竟然对我说谢谢?很有礼貌哦,不像是人质讨好绑匪的伪装。

"不客气。"其实,我也是一个很有礼貌的人。

"你不像绑匪。"林小星第一次看清了我的脸,在门口几根蜡烛的照耀下,我能想象到自己格外苍白。

她拿着蜡烛走了两步,我伸手拦在门口,不准她再往外走半步。

然而,就是这么一个简单的动作,却让我的胸膛剧烈疼痛起来。

我下意识地摸了摸胸前,似乎伤口又迸裂了!在这件白衬衫里面,是一条厚厚的绷带,缠绕着整个前胸及后背。

那是今天凌晨杀人时,因为大块头的拼死反抗,我被刺中的伤口。

倒霉啊!第一次在杀人过程中受伤!整件衣服都被自己的鲜血染透。幸好我家有全套的包扎及消毒工具,我还能艰难地清理胸前的伤口。刀子并未刺中心肺等器官,但若稍微偏离一厘米,就可能当场要了我的命。

在家包扎完绷带,我虚弱地睡了很久,直到今天中午。我感到体力恢复了大半,才打电话租借了一辆汽车,直接开到张夜家楼下。我知道他的室友今天没上班,走到六楼敲开房门,谎称是张夜的朋友,趁其不备拿出尼龙绳,从背后勒住他的脖子,杀了他。

杀人时我用力过猛,胸前的伤口破裂,立时流了许多血。我回到楼下的车里,休息了几个钟头,才有力气把车开走。

我来到杨浦区的一家医院,等到傍晚六点——林小星下班回家的时间。我开车跟踪到浦东她家楼下,在黑暗的空地绑架了她。为节省虚弱的体力,我用了一些麻醉气体,让她安静地昏睡过去,将她从浦东载回浦西,直到这个苏州河边的旧厂房。

"你怎么了?"

她居然在关心我?而我暴怒地大吼一声:"住嘴!"

伤口再一次迸裂,鲜血渗出绷带。为了不被她发现我受伤,我立即吹灭两根蜡烛,隐身于小屋外的黑暗中。

在我重新关上房门前,她扒着门缝说:"求求你!让我透透气!"

没想到我也会有恻隐之心,便露出一道窄窄的门缝,正好可以看清烛光下她的脸。

"你不觉得这样很尴尬吗?"是啊,两个人面对着面,她却是我的囚犯,"不如,我们聊聊天吧。"

"聊什么?"

"你自己。"

"我没什么可聊的,一个普通的小护士,刚跟男朋友分手。"

林小星下意识地把蜡烛举远,正好对着我的眼睛,而她的脸变得几分模糊。

"你的父母?"

"都死了。"

"聊聊你的男朋友吧——为什么分手?"

这个问题让她手中的烛光一颤,眉目之间更像个女鬼:"其实,我还是喜欢张夜的。虽然他没钱,也不帅,但是,他身上有许多不易被人发现的优点——忧郁,老实,没有不良嗜好。"

好吧,我忍住没有打断她的话——张夜的不良嗜好是幻想自己是个杀人狂。

"我和他有许多共同爱好,比如爱看卡夫卡与悬疑小说,喜欢堂本兄弟与尼古拉斯凯奇,连小时候爱听的歌都是相同的。"她斜倚在门后的墙上,陷入美好的回忆,几乎哼出了张宇的《曲终人散》,"张夜最喜欢的电影,是苏联电影大师塔尔科夫斯基的《潜行者》——是不是很奇怪?许多人一辈子都没听说过的电影。"

"我看过。"

"不,你肯定搞错了。"

"你心里在说——这个粗野的臭强盗,怎么会看懂艺术电影?撑死了就是看看《变形金刚》《碟中谍》啥的。"

"好吧,我承认。"

"潜行者说——这世界于我无处不是监狱。"我缓缓念出电影开头男主角的台词。

这句话不知怎么惊吓到了她,手中的蜡烛瞬间熄灭,而我警觉地将门关牢。里面响起她的声音:"对不起,我不是故意的,请把门开一下,你不是要和我聊天吗?"

"只是聊天吗?"

"你还要怎样?"面对我的沉默,她把语气放低下来,"好,我答应你,会老老实实待在门里,绝不乱动。"

胸膛还是那么痛,明显感觉在流血,会不会发炎化脓,生出蛆虫变成小苍蝇飞出来?但我还是把门打开,点燃一截新的蜡烛,递到她的手中。

"谢谢。"

"还愿意聊天吗?"

"愿意。"

看着烛光下她的眼睛,我相信她是真的:"我一直在想一个问题。"

"说吧。"

"人,为什么要杀人?"她一定也看清了我的脸,我想我的目光是足够真诚的。

"好可怕,干吗要问这样的问题?"

"你可以回答的。"

"人,不可以杀人!"

"是。"我捂着胸口点头,"当然如此。"

"我亲眼看到过杀人,在我十二岁那年——"但她摇着头闭上眼睛,那是多么撕心裂肺的记忆,"不,我不想再说了!"

"大学毕业以后,做过许多不同的工作,每次都是以失业告终。从来不敢正眼看着别人,每次被人欺负都是低着头,明明是自己拼死加班换来的业绩,却要算到别人的头上,就因为那家伙跟领导的关系好……"

"你是在说谁?"

看着林小星疑惑的目光,我苦笑了一声:"你以为是张夜吗?不,那是我自己。"

"不会吧?"

我把她当作一个话筒，只是为自己而倾诉："五年前，我又一次失业在家，每天去游戏机房打弹子。有一晚，我玩了各种不同的游戏机，发现有一对男女在我周围晃着。几乎我每玩好一台机器，他们就跟上来玩一遍。我时不时地回头看着他们，因为那个女孩很漂亮，无论身材还是脸庞，漂亮得刺痛了我的眼球！你懂的。"

"可我不漂亮，为什么还要绑架我？"

"我一直盯着那对男女，他们看起来二十来岁，男的也是穿着时髦，个子比我高了半个头。他总是把手绕到女孩的背后，轻轻捧住她的屁股……对不起，我是不是说话太粗鲁了？"

黑暗中传来一记冷笑："没关系，我是护士，对于身体器官并不敏感。"

"至今，我还记得清清楚楚，他每次摸那个女孩，都是用左手——肮脏的左手。而那女孩并不反抗，更让我心里莫名难受！我发现他们经常来游戏机房，每次都是卿卿我我。我会故意凑近他们，让自己巧妙地出现在女孩视线中。有几次，她确实看到了我，尽管我从不敢正眼看人，一碰到她的目光就立即躲避。然而,她从未看过我第二眼,我相信她根本没有记住过我。有一次,我特意把自己打扮得很帅,花了几百块钱剪了个头发,穿着一身还算是名牌的运动服。趁着那个男的去上厕所,我终于鼓足勇气,走到女孩面前,仅仅想问她要个电话号码——是不是很丢脸?"

"不,很有意思,我想听下去。"

"结果可想而知,她被我吓了一跳,随后送给我一个字:滚!"

"我对你越来越同情了。"

"她转头就走,而我固执地跟在后面,哪怕是知道她的芳名也行!可她回过头来又骂了句'神经病'。这时,她的男朋友出现了,那家伙抓住我的衣领,质问我是什么意思。而我紧张得说不出话来,被他抽了两个耳光。我被打倒在地,鼻青脸肿,血流满面。许多人过来围观,却没有一个人敢来救我。当我喜欢的女孩跟她男朋友离去时,周围的人们都对我指指点点,骂我是个色狼。而我却拼命从地上爬起,擦着鼻血跟在那两人身后——我知道他们很可能不会再来这个地方了。"

"何苦呢？"

"那晚，我悄悄跟在他们身后，直到他们居住的小区门口。从此，我就在那儿蹲点盯梢，日夜监视那对男女。我发觉那女孩在夜总会上班，每晚九点去天上人间。我坚持跟踪了三个月，直到有一次凌晨两点，那男的接她从夜总会出来，二人却在街边绿地发生了争吵——我悄无声息地出没在他们周围，因此偷听到了他们对话——女孩怀孕了，希望男的可以承担责任，带着她离开这座城市。然而，那小子却死不认账，说她肚子里的就不是自己的种，是她在夜总会里跟其他有钱男人乱搞出来的。最后，他重重地推开女孩，独自冲进绿地深处。而我跟在他身后，到一个没人的角落，掏出刀子捅进他的后背。"

"你杀了他？"

"这是我第一次杀人，简直是个菜鸟，自己也紧张得要命，连续刺了他十七八刀，这家伙还在树丛中爬着，显然每一刀都不在要害。最后，当他还剩着一口气，我用力砍下了他的那只手——左手。"

"因为——"

"是，因为他总是用这只手摸我喜欢的女孩的屁股。我带着那只手逃跑了，埋在一个建筑工地里面。但是，从此我再没见过那个女孩，无论是她住的小区还是夜总会，她像空气般从这个世界消失了，也许腹中的孩子也从没生下来过。"

"这不是你的幻想吧？"

这句话刺激到了我，我立即重新关紧房门，不顾门里的敲击声。其实，我也希望那只是一个幻觉——真实的幻觉。

十
愤怒的钢铁巨兽

张夜看不到星空了。

浓云遮蔽了天上的一切，只能看到高楼顶上的灯光，还有远处陆家嘴的钢铁森林。他躲藏在浦东八佰伴楼下，那附近有许多通宵营业的餐厅，还有唱完歌出来的小太保小太妹。他还是不敢被人看到脸，哪怕戴着口罩也不行，只能让自己变得像夜行的老鼠，永远藏身在灯光的阴影背后。

作为全城通缉的杀人狂嫌疑犯，他已东躲西藏了二十四个小时。

昨晚，张夜在肮脏的桥洞底下，跟几个流浪汉一起度过。清晨，当他从十二岁那年的噩梦中醒来，感觉身上有些异样，睁眼就看到一个黑影。他下意识地抓住那个人，却被重重地打了一拳，等到重新爬起来，那家伙已跑得没影了。

张夜急忙摸了摸身上，果然，钱包被偷走了，包括昨天特地从银行取出来，准备给室友回老家的几千块钱。新买的手机也没了！

连坐公交车的钱都没了，他饿着肚子沿着小路步行，直到黄浦江边的轮渡口。从地上捡了一枚硬币，他给自己买了张船票。充满雾气的江面上，身后的城市忽隐忽现，不时有江鸥从头顶掠过，不远处的巨轮响着怪异的汽笛声。他挤在船尾栏杆边，看着水面上的滚滚浪花。一阵泥土气味袭来，他强烈地想要纵身一跃……

忽然，一只手抓住了自己的胳膊。

张夜发现自己上半身已探出了栏杆，回头却看到一身黑色警服——完了！

"你要干吗？"

是个看起来快退休的老警察，怀里抱着个两三岁的小女孩，估计是孙女吧。

刹那间，张夜的脑子转了回来——警察不是来抓通缉犯的，跟他一样也是过江的轮渡乘客。

"哦，我有些头晕。"

"真的吗？"

老警察判定张夜想要跳江自杀。

"请放心，大概是没吃早饭的缘故吧。"

张夜也没说谎。

此时此刻，他不敢低头回避警察的目光，那样反而更会引起怀疑,进而让人联想到昨晚电视上的通缉犯——但他相信不是所有警察都会看到他的照片。

他送给老警察怀抱里的小女孩一个微笑。

小女孩也笑了,笑得如此甜美可爱,几乎让人想去亲一下她肥嘟嘟的脸颊。

十七年来,张夜第一次笑得如此自然。

老警察看了看小孙女,也开心地笑了:"阿囡,船上的浪头好看吗?"

说话间,轮渡已到了对岸的浦东,老警察只顾着怀中的小孩,张夜趁机混进下船的人群,迅速跑出轮渡口。

接下来的一整天,他既要逃避全民通缉,又想找到林小星,但身无分文,怎么办?他几乎要饿晕过去了,正好看到腕上的手表——春节时用年终奖给自己买的。他去旧货市场把表卖了,换来五百块钱,买了一台国产山寨机,以及别人用过的手机号码。张夜还算是聪明,知道不能用自己原来的号码,那样会为警察提供抓到他的线索。

他用新号码给林小星打了无数个电话,但对方永远都是关机——国产山寨机很好很强大,打到半夜电还是满格。

张夜躲在一家沙县小吃门口的阴影中,小店里的电视机还在放对他的通缉令,而他确信现在没人会注意到自己。

他闭上眼睛,回忆最近三天来的一切:

> 初中同学聚会,当晚经理被杀害,警察把自己当作嫌疑对象;女朋友提出分手,自己随即跳苏州河自杀,被一个神秘男人救起来,以为遇到了自己的偶像蔡骏,在那个男人家里喝醉睡了一觉;已分手两年的前女友被杀害,隔天老同学"大块头"被杀害,昨天下班回家发现室友被人勒死,林小星同时失踪,自己被警方全城通缉……

其中好几个记忆片段中,都出现了同一个陌生人——X。

第一次见到他是什么时候?对,在从静安寺到钱柜的地铁七号线上,正是那个人主动搭讪,说什么1995年的静安区工人体育场,才让张夜落荒而逃提前下车。没想到又

十、愤怒的钢铁巨兽

在钱柜见到了那个人——说不定他也见到了"大块头"?

紧接着第二天,偏偏就在张夜跳进苏州河时,神秘的X就出现了!如果说他家就在旁边是巧合的话,那么他冒充蔡骏就实在太离谱了!干吗冒着生命危险从苏州河里救人?干吗要跟张夜喝酒聊天?居然还让一个素不相识之人,睡在自己家的沙发上过夜?这些都让人不可思议!

张夜想到了一个让人不寒而栗的可能性。

他翻开身上的背包,好不容易找出一截小纸条,那是前天早上,X留下的电话号码——他立即拨打X的电话,默默祈祷别再关机!

对方铃声响起,却不知是谁唱的歌——

我是一棵秋天的树 / 稀少的叶片显得有些孤独 / 偶尔燕子会飞到我的肩上 / 用歌声描述这世界的匆促 / 我是一棵秋天的树 / 枯瘦的枝干少有人来停驻 / 曾有对恋人在我胸膛刻字 / 我弯不下腰无法看清楚……

"喂。"

终于,手机中响起一个声音,说实话他的声音在电话里还挺好听的。

"我是张夜,你究竟是谁?"

"X。"他的声音就像从地底冒上来,从张夜的脚底板传递到耳朵里。

"你在哪里?我能见你吗?"

"不能!"虽然斩钉截铁,但似乎有些虚弱,"因为——我也不知道自己在哪里。"

"别给我捣乱,我要见到你!"

"我看到电视上你的脸了,那张照片拍得真逊,没有你真人好看。"

"是啊,我成了通缉犯,我想这与你有关系吧?"

"给你提个醒!打手机要多换地方,否则很快就会被警察逮住——哦,对不起,我忘了,你这是新号码,不是用你的名字登记的吧。"

"对。"

"好聪明啊。"

"你在哪里?"若不是怕被沙县小吃里的人听到,他就会对着手机大吼:"给我出来!"

"等我几分钟!"

X把电话挂断了,而张夜还痴痴地拿着手机,差点要把它给砸了。

他缩在角落里颤抖了几分钟,手机却突然收到了一条彩信,缓缓接收完整张图片,张夜看到了林小星的脸。

她坐在一张椅子上,双手被绳子绑住,脸上充满惊恐表情。她的脸上有些污迹,头发乱乱地披散着,不知道是否遭到过虐待。不,张夜不敢想下去了。

来信号码是X的——这个变态居然绑架了林小星!

一切都明白了,他针对的就是张夜身边的所有人!从公司经理到两年前分手的女友,从初中老同学再到合租的室友……

这些人有个共同点——张夜都想过要杀了他们——有的仅仅只是一瞬间的恨意。

JACK的星空。

因为自己的QQ空间?那些关于杀人幻想的日志? X

看到了日志，所以……

张夜的心底充满悔恨，真想抹断自己的脖子，向这些无辜遇害的人们赎罪！

好吧，他承认确实从骨子里痛恨经理，因为那个混蛋每天都在羞辱他，而对于在自卑中长大的张夜来说，人格与尊严比生命更重要；他也承认两年来一直幻想要杀了航空公司的前女友，因为他无法容忍自己付出了最真挚的情感，换来的却是女人的不贞、背叛与欺骗，那简直比杀了他还要难受；他更承认从初中二年级开始，就计划着要杀死"大块头"同学，如果不是那家伙的欺凌与羞辱，剥光他的衣服把他扔在女厕所门口，导致他的心理阴影与性格扭曲，或许现在的人生会是完全不同的样子！

因此，张夜才会怀疑是不是自己杀了他们。

不，自己不是杀人狂，真正的杀人狂，却与自己只有一步之遥。

但 X 为什么要绑架林小星？

张夜仔细看了看那张彩信照片，把图片在手机屏幕里放到最大，发现被绑住的林小星背后，是一个类似金属机器的东西，上面依稀有颗褪色的红星，还有几个奇怪的字母。

因为大部分都被林小星挡住了，他只能辨认出其中一个——

Ю

大学时选修过俄语，他认得这是苏联全称开头"Союз"中的字母，而"Союз"的意思是"联盟"。

刹那间，脑中闪过十二岁以前，父母带着他去过的那个巨大的厂房，那台不断冒出蒸汽的钢铁巨兽……

张夜从沙县小吃门口弹了出来，飞快地跑到路边拦下一辆出租车。司机没有回头看他的脸，开进复兴路越江隧道，目的地是普陀区的苏州河边。

子夜，十二点，浓云渐渐散去，泄露几点星光。

出租车停在一片荒野外，里面是废墟般的建筑工地。张夜兜里还剩下几十块钱，那是买手机讨价还价找来的，却依然不够付打车费。他向司机鞠躬道歉，被对方问候了几声母亲。张夜一拳打中司机的鼻子，出租车便歪歪扭扭地扬长而去。

他记不清上一次打人是什么时候了。小学四年级,还是幼儿园大班?

张夜翻过一道矮墙,下来时几乎崴了脚,想来还是缺乏这种经验。黑暗中只剩下残垣断壁的影子,不再是童年记忆中吞云吐雾的大工厂。穿过大片破碎的瓦砾与接近一人高的蒿草,身边就是静静流淌的苏州河。附近低洼地的水塘里,响起一片聒噪的蛙鸣。

终于,他看到那栋大厂房了,屋顶还是洋葱头的形状,曾经是拜占庭式的东正教堂。

深深吸了口气,似乎要把满天的星光都吸入胸中。

推开那道布满铁锈的大门。

他看到了 X。

十一
死里逃生

清晨,六时。

苏州河边的荒野,晨曦穿过荒草与废墟,洒在那栋破败的建筑上。墙外已拉起严密的警戒线,数十辆车闪烁警灯,还有一辆电视台的新闻采访车,将这片工地团团包围。

叶萧警官的面色很是阴沉,仍然不敢相信杀人狂另有其人。他手中握紧了枪,沉甸甸得像块板砖。身后跟着数名荷枪实弹的特警,但他比画了几下手势,让众人都退散到大门两边。

推开那道布满铁锈的大门。

厚厚的灰尘扬起,头顶的彩色毛玻璃,将清晨的阳光折射成异样色彩,正好落到他的眼中,感觉却那么舒服。这栋大房子看起来阴森森的,进去却全然没了这种感觉,倒是更像被拆迁队洗劫一空。地上全是各种破垃圾,稍微值钱一点的废铜烂铁,早就被人偷走卖钱去了。唯独有一台巨大的机器停在中心,据说是斯大林时代的产物,因为太过沉重而难以搬运,方得以保存下来。叶萧知道这里过去是教堂,怪不得刚踏进来,就仿佛置身于另一个世界。

机器上依稀有褪色的红星,底下一排斑驳的俄文字母,反正一个字都看不懂。他绕着这堆生锈金属走了一圈，小心地检查了各个角落，包括墙边的小房间，门口有"车间主任办公室"字样，并没有发现他们说的那个人。只是地上有几截烧剩下的蜡烛，还有快餐饭盒与水瓶，说明最近有人出没过。

"喂！有人吗？"

他隐身在一个角落中，枪口警觉地朝向外面，以免某个杀人狂突然跳出来。

老厂房里飘荡着他的回声。

叶萧疑惑地走出来，当古老的教堂恢复死寂，满目灰尘重新落下，他嗅到了某种气味……

作为三十多岁的警察，他对此再熟悉不过了——血液干涸后的气味，差不多也是死亡的气味。

这个味道来自上方，叶萧抬头看看厂房穹顶，似乎自己一下子变得无比渺小。

只有一个地方还没看过——他迅速抓着老机器边缘的铁梯子，手脚并用地爬上去。这台大家伙几乎有两三米高，顶部却一片平坦，差不多有七八个平方米，处处是棕色的铁锈。

他看到了 X。

不错,谁都不知道这个人的名字,姑且称之为 X 吧。

这个大约二十八九岁的年轻男子,平躺在机器顶上,衣服已被鲜血浸透,染成刺目的暗红色,几乎结成硬块。在他身下的钢铁外壳上,涂抹了一层新鲜血迹。他的双手往两边摊开,做成十字架的形状。一双乌黑的眼睛还睁着,不知看着穹顶还是别的什么。

他的脸上落着一片枯黄的叶子。

叶萧缓缓靠近,没有看到任何凶器,伸手摸了摸他的颈动脉——他死了。

死者的衬衫纽扣都已散了,露出胸口厚厚的绷带,同样也被鲜血染红,不知是临死前为自己包扎的,还是本已受了重伤?

叶萧蹲在 X 的尸体边,看着那双永不瞑目的眼睛,觉得他在向自己说些什么。

不知道他死的时候,有没有悔恨与痛苦?还是像许多恶贯满盈的家伙那样,根本就不在乎自己的生命?

凌晨三点,有对男女出现在附近的警署,两人都是衣衫褴褛,浑身是血。警方将他们控制起来,送到医院进行救治。输液超过一个小时,警察才发现其中那名男子,赫然就是通缉犯——杀人狂张夜。

片刻之间,警方把整个医院都包围了。张夜缓缓苏醒过来,声称自己从没杀过人,完全是被人栽赃陷害。他说真正的杀人狂,就躲藏在苏州河边的一个旧工厂里,运气好的话或许还能抓住活的。

于是,叶萧在睡梦中接到通知,紧接着大部队来到此地。

根据其他警察对张夜的询问,是这个 X 杀了所有人,因为看过张夜的 QQ 空间日志——两天前叶萧就看过了那些日志,虽然已被作者删除,但总能找到原始版本,这才确定张夜具有强烈的作案动机。张夜遭到全城通缉后,刚分手的女友林小星也被绑架了。他从 X 传来的一张照片里,发现了绑架地点的线索,连夜赶到这个旧厂房。他从杀人狂手中救出了女友,两人都在搏斗中受伤,艰难地逃出旧厂房,直接冲到警署,双双晕倒在地。

此刻，看着躺在高高的机器顶上的X的眼睛，叶萧越来越倾向于自己原来的判断是错的——张夜真的是被栽赃陷害，而眼前的这具尸体才是真正的杀人狂。

叶萧全程陪伴X去做尸检，当晚就得到了法医报告——死者胸口曾被利器刺伤，虽未伤及心肺等脏器，却导致大量失血，也是其最终的死因。造成该处伤口的时间并非昨晚，而是48小时前。除此以外，死者身上的伤痕都是在扭打中造成的，没有一处可以致命。现场及其附近，也未发现任何凶器，基本可排除张夜或林小星杀死X的可能性。

法医与叶萧的判断是一致的——X在两天前就受了重伤，一直给自己绑着绷带，但是多次发生伤口迸裂的情况，却没有去医院治疗。他在不断失血的痛苦状态下，与突然闯入的张夜发生激烈搏斗，再次造成伤口大出血，也无力阻止张夜救出林小星。在胸口大量流血，体力极度虚弱的情况下，他对自己彻底绝望，便爬上机器的顶部，躺在那里等死。

死者身份很快就查清了，他是本市户籍，今年二十九岁，大学毕业后没有稳定职业，长期依靠打零工维生。他最新的职业是互联网黑客，帮助一些非法机构窃取商业机密。因为父亲早亡，母亲在精神病院里，他现在独自居住。警方采集了他的指纹与DNA信息，确认他就是最近四起谋杀案的凶手。通过搜查其住处，警方发现了数百张凶杀现场的照片，全是本市几年来未破的离奇杀人案，其中还有部分被害者遗物。

而在所有这些凶案现场，都没留下过张夜的指纹或毛发，其合租室友遇害案除外——在勒死被害者的尼龙绳上，发现了X的唾液与毛发。

至此，历时五年的连环杀人案告破，至少有十名受害者确认遇难，全系凶手X独自一人作案。

而之前被全城通缉的嫌疑犯张夜，已被证明是清白无辜的。他勇敢的行为，不但救出了被绑架的林小星，还帮助警方查清了真相。

当然，张夜在QQ空间发布的那些杀人日志，警方答应为他保守秘密。否则后面四位被害者的家属，极可能会对他提出赔偿要求，即便在法律上毫无责任，后半辈子也将纠缠不清。

为了查清杀人狂的作案根源,叶萧进行了深入调查,却重新发现了一桩当年轰动全城的案件——

有个三口之家,原是幸福美满的工人家庭,因为老公染上赌博恶习,欠下巨额高利贷债务。这户人家的女主人,最终不堪受辱,忍无可忍之下,挥刀砍死了三个上门讨债的男人。

叶萧小时候听说过这起案子,当时社会上有很多争议,是否要判决杀人犯死缓或无期徒刑。作为一个妻子与母亲,有太多值得同情之处了。但是,她毕竟连杀了三人,又无自首表现,是警察赶到现场抓住她的。最终女人被判处死刑,不服上诉也被驳回,押赴刑场枪决。

这个可怜的女人死后,留下个十二岁的男孩,名叫张夜。

被她杀死的三个男人里面,有一个曾经强奸过她,但当时她忍气吞声没有报案——而这个放高利贷的人渣,正是如今的杀人狂 X 的父亲!

这就是 X 的杀人动机——在他十二岁那年,他的流氓老爸因为上门讨债，被张夜的妈妈用刀砍死了。

叶萧觉得事情一下子都解释通了：X一直想为父报仇，即便当年杀人犯早已被执行死刑，仇恨还是延续到了下一代。多年来，他悄悄地监视张夜，其间他已变成了杀人狂，却在等待陷害张夜的时机。为什么不直接把张夜杀了？因为，杀人狂的思维方式很特别，对他来说杀人是件稀松平常之事，仅仅杀了张夜也太便宜他了，这也是X从苏州河里救起张夜的原因。与其让他痛痛快快地死了，不如教他求生不得，求死不能！他要让全世界都认为张夜才是杀人狂，这比直接杀了他更刺激，这样的复仇也才更有意思。所以，当张夜在QQ空间写下幻想杀人的日志时，X立即开始了行动，将张夜仇恨的对象接二连三地杀掉，最后绑架了他的女朋友。不过，杀人狂也有失手之时，在杀死张夜的初中老同学的过程中，因为身高体壮的被害人的反抗，X的胸口受了重伤，这才成就了张夜最后的英雄救美。

真相，是这样的吗？

十二
来了，我就嫁给他

梳妆台的镜子里，她比过去漂亮了一些，尤其这双眼睛，如果配上一身护士服，受男病人瞩目的频率就更高了。桌上堆满了各种瓶瓶罐罐，她小心地给自己化妆，尽管明天自有专业化妆师到场。

今晚有狮子座流星雨，张夜约了几个新朋友去佘山看星星，作为单身的最后一夜。新朋友中有一位是出版社编辑，看中了他写的最新一篇小说，书名叫《苏州河的卡夫卡》。

虽然，林小星要忍受一晚的寂寞，但她很高兴他能交到朋友，大大方方地在外面应酬，男人不就应该这样吗？

明天，是林小星与张夜大婚的日子。

想象穿上白纱戴上花冠走红毯的时刻，心跳不由自主地加快，她知道这并非结婚前的紧张，也不是对自己的容貌没有信心，而是因为——

X。

林小星想起了他的脸，苍白如死人的脸，嘴角挂着某种奇怪的微笑，磁石般吸附着她的记忆。

一年前，当她与张夜分手才两天，就在自家楼下被人绑架。她被带到苏州河边的破厂房，于是，黑屋子成为监狱。无论怎样叫喊都没有用，直到声嘶力竭。

绑架犯是个面色苍白的年轻男人，林小星没想到还能与他聊天，居然聊得又如此投机，就像阔别多年的老友。他向林小星敞开心扉，说到自己第一次杀人的经历——若是普通女子发现自己在跟一个杀人狂对话，早就吓得尖叫或晕过去了吧。林小星却面不改色，非但没有一点恐惧，反而还对他充满同情与好奇，这一点让她对自己也颇为佩服。或许，因为护士要经常面对生老病死；或许，因为曾经目睹过妈妈被杀。

至于他叫什么，并不重要，反正就叫他 X。

林小星总共被绑架了三十个小时，这是她永远都不能说的秘密——即便面对即将成为自己丈夫的男人。

不过，张夜也从没问过，似乎在刻意回避什么。或者，他已猜度到了某些事。也许在女朋友被绑架的一天两夜间，曾经遭受过杀人狂的强暴？但他一辈子都不敢问出来，只能自我安慰什么都没发生过，深爱的女子仍然纯洁无瑕，那噩梦般的三十个小时，不过是他用来证明自己是个男人及英雄的机会。

她没有被强暴过。

但林小星觉得自己没必要澄清，那样反而会加深张夜的猜忌。可是，她的脑海中仍然漂浮着那张脸，杀人狂的脸。

"早安！"

林小星主动向 X 问候，那是被绑架的第二天早上。她居然睡了个好觉醒来，阳光透过屋顶的彩色毛玻璃照到脸上，那是一种无法形容的诡异颜色。或许是在地上睡迷糊了，她几乎忘了自己被绑架这回事。

"早安！" X 也很有礼貌地回答。他并没有把她绑起来，只是任她躺在角落里，铁门敞开像一道灯光，径直射入黑暗的小屋。他拿出一个锅子放到她面前，里面盛着油条、饭团和豆浆，"这是你的早餐。"

林小星感激地吃完早餐，这才想起来，眼前这个面色苍白的男人，是个杀人狂。

昨晚 X 身上的白衬衫，已变成灰色的格子衬衫，想必他是个爱干净勤换衣的男生。只是他的纽扣系得很高，让衣领包住了脖子,不知里面藏了什么。

"你怎么了?"

她指了指 X 的衣服,他尴尬地笑了笑:"哦,秋天快来了,得穿得多一些。"

"你很孤独?"

林小星是个敏感的女孩,常能发觉隐藏在别人眼睛底下的秘密,就像她第一眼看到张夜时的感觉。

"是的。"

"我的前男友经常说'没有孤独,就没有卡夫卡',这句话同样对你适用。"

"没有孤独,就没有杀人狂?"

"哦,我不是这个意思。"

她的心头狂跳起来,千万不能提醒自己,更不能提醒眼前这个男人。

"放心,我一直很冷静,因为孤独。"

"你为什么要绑架我——现在可以说了吧?"

"干吗要问第二遍?"

"我觉得你不像——"

"不像什么?"

林小星的下巴有些颤抖,强迫自己要谨慎说话:"我说不清楚。"

"不像强盗?不像杀人狂?"

点头是唯一的答案。

X斜倚在门边,故意把脸藏在阴影中:"我可以回答你的问题了。但你先要回答我——为什么跟张夜分手?"

"又问这个?这是你绑架我的原因吗?"

"不是,我只是对他这个人感到好奇。"

"反正都分手了,也没什么好瞒的。你看过《大话西游》吗?对不起,你一定看过。"

"当然。"

她大着胆子念出在心里埋了很多年的那句话:"你还记得吗?紫霞仙子说——我的意中人是一个盖世英雄,有一天他会踩着七色云彩来迎娶我。"

"我懂了。"

"真的懂了吗?"

面对林小星质问的眼神,仿佛被绑架的人质是X,他腼腆地回答："为什么不给他机会？你怎知他不会踩着七色云彩来救你？"

"别妄想了！人的本性是不能改变的。"

"错！"他严厉地打断了林小星，露出骇人的目光，"那我怎么改变了？"

"抱歉。"

她恐惧地低下头，又蜷缩到墙角去了，而他自顾自地说："世界上没有天生的杀人狂——每个人都是会被改变的，而且我们都已经被改变了。"

这句话让林小星无言以对，她低下头想了许久——自己是否被改变过？

如果，当年没有三个强盗突然闯入家中？如果没有亲眼看着妈妈被杀死？如果爸爸能够勇敢地与他们搏斗？如果……

就当他要把铁门重新锁上时，林小星喊了一声："我要上厕所！"

X把那个搪瓷盆送了进来，但被她厌恶地推出来："好脏！我要去外面！"

"跟昨晚有什么区别吗?"

"有!很大的区别!"

他又一次懂了,尴尬地搔搔头,这是林小星第一次看到杀人狂害羞的样子。

X在门口徘徊了几下,往里扔了一句:"你保证不逃跑?"

"保证不逃跑!"

"拉勾?"

"拉勾!"

林小星伸出了左手小指,X犹豫着伸出手,马上被她勾住了。

杀人狂认输。

她被放了出来,胳膊被紧紧抓住,绕过那台巨大的机器,走出老厂房大门。似乎只要X一出现,阳光就会躲到阴云背后。周围全是破砖烂瓦,间或着疯长的蒿草,再往外就是苏州河的堤岸,以及遥远的工地围墙,却看不到半个人影。

他们绕到房子的背后,被一堆野草遮蔽起来,X转过身去:"你快点解决吧,我不会偷看你的。"

"你保证啊!"

"只要你保证不逃跑。"

林小星蹲了下来,却没有脱下裤子,而是稍稍往外挪了半步。草丛中不时响起蟋蟀叫声,仿佛有催眠作用,或许会让他的感觉迟钝些——她深呼吸了一下,便撒开腿跑起来。

"站住!"

X瞬间就察觉了,他飞快地追过来,林小星吓得几乎要尖叫,只能拼了命往围墙边跑去。

从没有像今天跑得这样快,她一口气冲出去几十米,回头却看到X越跑越慢,眼看两个人的距离在拉长,恐怕他无论如何也追不上了。

然而,林小星没有找到工地的大门。

除了苏州河的堤岸,其余全是破烂的砖墙,她试图手脚并用地翻墙,无奈个子不够上不去。她心急火燎地大喊救命,担心这下要是被杀人狂抓到,不知要死得多惨。

然而,当她恐惧地转过头来,却看到X已躺倒在草

十二、来了,我就嫁给他

丛中。

他怎么了？

林小星背靠着围墙，就像被老师惩罚的小学生，充满疑惑地看着杀人狂。他看起来很痛苦，四肢不断发抖，灰格子衬衫变了颜色……

血。

她的双手摩擦着墙壁，一墙之隔就是自由，但再往回却不知是地狱还是什么。

天哪！为什么要犹豫？面对穷凶极恶的杀人狂，逃命还有什么好犹豫的？

可是，林小星选择了回头。

她离开围墙穿过废墟，冲回到X身边，抓着他被鲜血染红的衬衫说："对不起！是我赖皮，是我违反了约定，是我该死！"

X却还给她一个微笑，虚弱地说："拉勾……上吊……一百年……"

林小星再度伸出了左手小指，塞到他的左手小指弯中。

"为什么不逃走？"

"我是护士,救死扶伤才是天职!我看你啊,快要死了吧?"

"死就死了吧,干吗管我?"

"别说话!再多说一句,你会死得快更一点!"

就像在训自己的病人,她解开 X 的衬衫纽扣,才发现他整个胸口都缠着绷带。鲜血正不断从绷带里往外冒,飘出一股奇怪的臭味,伤口可能已经发炎了——即便不是流血过多,也可能因细菌感染而死!

林小星帮他将绷带全部解开,果然,伤势非常严重,创口很深,几乎致命。他还能谈笑风生熬到现在,简直不是人类啊!

她手上没有任何工具与药品,一筹莫展之际,X 在她耳边轻声说:"我……带了一个急救包……就在……老厂房里……"

她双手拉起 X 的肩膀,幸而他还有最后一点体力,自己艰难地站起来。在林小星的搀扶下,两人东倒西歪地支撑着,穿过被轰炸过般的废墟,就像未来核战争中的幸存者。

回到曾经的东正教堂深处，躺在生锈的老苏联机器边上，X 半睁半闭着眼睛，只挤出两个字："谢谢！"

林小星找到急救包，打开一看还算齐全，立即为 X 做了最基本的伤口清理。当生理盐水流过深深的创口，X 的双脚都开始痉挛，却硬是咬紧牙关，没发出一声叫唤——她常在外科门诊处理这样的伤员，听到的总是各种惨叫声，从未看到过他这样的铁汉。

她换了新的绷带给他包扎上，暂时止住了伤口的血，但这样深的刀伤，必须得去医院处理，打针输液吃药来消炎，最起码还得缝几针。

"不，我不去医院。"

"你怕被警察抓起来？好吧，我保证，我不会报案的，至少先把你的命救回来。"

X 却苦笑了一声："你刚刚还拉勾保证过。"

"好吧，刚才我是想要逃命，现在你这个样子，我随时都可以逃跑，干吗还留下来帮你？你自己想想清楚哦！"

"你走吧。"

"什么？"

她想不通,明明是他把自己绑架来的,现在为何又要赶她走了?

"我想一个人呆着。"

"不行,我不能看着你死!要么我打电话叫救护车来?"

"你如果敢打电话,我就立即解掉绷带,把自己的伤口撕开来!"

看着杀人狂阴沉的眼睛,林小星确信他会干出任何疯狂的事。

"你想要自杀?"

"至少,不能活着受辱。"

"你是怕被警察抓起来?"

"快走!你疯了吗?我是一个杀人狂,你明明可以逃走的,干吗要留下来送死!"

林小星却固执地摇头:"现在,你只是一个可怜的病人。"

"我讨厌小护士,从小就讨厌,讨厌她们拿着针扎我屁股。"说完他就笑了起来,却牵连伤口又一阵剧痛,"我是不是变得粗野了?"

"没事儿,我喜欢你这种说话方式。"

她给 X 喂下了一口矿泉水,暗暗下定决心,无论这个男人怎么赶自己走,她都要继续留下来照顾他。

更让人绝望的是,在这个世界上,有一种最奇怪的病——斯德哥尔摩综合征。

她确信自己已病入膏肓。

X 太虚弱了,已严重失血,伤口随时可能再度迸裂。林小星不敢离开他半步。当他昏睡过去后,她小心地翻着他身上的口袋,却发现连一把水果刀都没有——这也敢叫杀人狂?她没有找到自己的手机,估计被他扔到苏州河里去了,但他的手机还在。她本想打电话叫救护车,却发现他的手机要输密码。

林小星把手机塞回他口袋里,飞快地往外面跑去,她不是为了逃离杀人狂,而是想出去借个电话叫救护车。

当她跑到围墙边上,搬来几块砖头准备翻墙时,她的腿被人拉住了。

她下意识地尖叫起来,回头却看到了 X。

"你怎么来了？快去躺着休息，你不能动的。"

她说话有些心虚，X却是气虚："你要去哪里？"

"嗯——给你买些吃的。"

"可你身上没有钱。"

"哦？"林小星只能装模作样地摸了摸裤兜，"我没注意。"

"跟我回去。"

她又一次变成了他的囚徒，哪怕他已虚弱到了这种地步。

回到巨大的厂房里，X拿出他藏好的食物与水，这些足够他们吃到明天了。

林小星打消了逃跑的念头，她生怕自己不在的瞬间，X会突然伤口迸裂大出血，或者干脆自杀了结。她专心致志地照顾他，不时地给他的伤口换药，却无法阻止感染的恶化。他不停地咳嗽，似乎还有发烧的迹象，她流着眼泪求他出去，不要坐在这里等死。

X微笑着拭去她的泪水，还是那句话："林小星，你走吧！我不想连累你，对于绑架你这件事，我万分抱歉。"

"我不走!"

她把头埋到他的怀中,闻着那股渐渐腐烂的气味,已是无语凝噎,直到两人渐渐睡着。

梦醒时分,不觉深夜,林小星慌张地站起来,却看到X正背靠着那台机器,痴痴地仰望着穹顶。

"我好害怕——怕一觉醒来,你已经死了。"

"有时候,我真的期望是这样呢。"

"别说这种话!"

她伸手封住他的嘴巴,这时他的手机响起,便接了这个电话。

"喂……X……不能!因为——我也不知道自己在哪里……我看到电视上你的脸了,那张照片拍得真逊,没有你真人好看……给你提个醒!打手机要多换地方,否则很快就会被警察逮住——哦,对不起,我忘了,你这是新号码,不是用你的名字登记的吧……好聪明啊……等我几分钟!"

这是他在电话里说的所有的话,林小星没听清对方的声音,在X挂断电话后,小心地问道:"谁啊?"

"一个老朋友。"

"也是杀人狂?"

"不,他是个好人。"X艰难地从地上站起来,指着身后的机器说,"后面有张破椅子,你把它拖到这里来。"

林小星不敢抗拒他的命令,找到那把椅子拖了过来。

"很好,坐下!"

她乖乖地坐在椅子上,也没嫌弃那上面满是灰尘。

随后,X从包里掏出一捆绳子,从背后把她绑了起来。

"你要干什么?"

林小星没有挣扎,像温顺的小绵羊,任由主人捆绑宰杀。还好他绑得很松,几乎没让她感到疼痛。

"坐好,别动!"

他对准林小星拍了张照片。她故意装出恐惧的表情,背景就是那台大机器,还有一颗暗淡的红星。

X在为林小星松开绳索的同时,用彩信把这张照片发了出去,然后就关机了。

"你把照片发给谁了?"

"张夜。"

这个名字让她心头狂跳,怎么会是张夜?难道他真的与X认识?

"刚才是他的电话?"

"对。"

林小星战栗着后退两步:"他知道我在这里吗?"

"收到这张照片以后,或许就会知道了。"

"他找不到这里的!

"不,他会的。"

"他知道你是什么人吗?"

"没错,我是杀人狂,他非常清楚!"X的回答异常淡定,"他成为通缉犯,是我造成的。"

"为什么?"

"总有一天,你会明白的。"

"你要坐在这里等他?"

"是。"

林小星猛然摇头:"你错了,我太了解张夜这个人了,以他的性格与胆量,绝对不敢来的!"

"他不来救你吗?"

"也许，他会打电话叫警察来救我，但他自己没胆子来——如果他知道你是杀人狂，正常人都不敢冒这个风险。"

"张夜会来的，而且不会带警察。他是为了你，也为了他自己。"

X慢条斯理的语气让人绝望，林小星说："我们打个赌吧！"

"赌什么？"

"如果，他没来，我就跟你走！"

"好，我答应你。"X重新点燃一根蜡烛，用失血过多而苍白的脸，给了林小星一个微笑，看起来像吸血鬼莱斯特，"如果，他来了呢？"

"嫁给他。"

十三 我是一棵秋天的树

我死了。

作为一个杀人狂,我没资格得到什么葬礼。被法医尸检解剖后,我在冰柜里躺了一周,没有家属前来认领尸体,警方出钱将我送去了火葬场。在几千度高温的火化炉中,我那肚子上有拉链的苍白身体化作灰烬,只有几块骨头留了下来。不会有人给我买墓地的,这年头死人与活人的住房都是奢侈品。我的骨灰盒在火葬场的角落里,据说放满三年就会被清理掉,管他是冲进马桶还是送去肥田。

说真的,骨灰盒是很好的归宿,小巧玲珑冬暖夏凉,居家旅行工作学习之必备良品。至少,要比我那六楼的小公寓强多了,不会有人向我投来异样的目光,不会为了一日三餐奔波,作为黑客侵入那些无聊的网站,更不会为了一点点邪恶的欲望,就随便夺去他人的生命。

对不起,所有被我杀害的人们,不知道你们是在天堂还是地狱?抑或跟我一样被关在骨灰盒里。总之,请接受我的道歉和无限的悔恨。

其实,我明白,从第一次杀人开始,我就再也无法改变自己了。

不，应该说是我十二岁那年，从妈妈拖着我来到公安局，看到爸爸被砍得血肉模糊的尸体开始……虽然，妈妈哭得像个泪人，我却冷冷地站着一动不动，半滴眼泪都没掉下来。

当时在我的心里，早已不再用"爸爸"来称呼这个男人，虽然我确实为他所生。他是一个放高利贷的小混混，多年来不务正业，成天在外面打架斗殴拈花惹草，喝醉了就回家打老婆。他经常带一些乱七八糟的女人到家里，当着我的面做那些肮脏的事情。我经常故意顶撞他，有一次将死老鼠塞进他带来的女人的裙子里。他就用皮带把我吊起来猛打，直到我皮开肉绽，至今我身上还有他给我留下的伤疤。

他是在上门讨债过程中，被发狂的女主人砍死的，同去的另外两个高利贷也死了——说实话我真的很佩服那个女人，孤身一人砍死三个大男人。

不，应该说我丝毫没有恨过她，即便她杀死了我的亲生父亲。

事实上我打心眼里感激她，是她帮助我和妈妈脱离了苦海，从此不再遭受那个男人的虐待，再也不会被打得血流满面，再也不用担心鼻青脸肿地去上学。

后来，那个女人被判处了死刑，就在她行刑的那天，我悄悄给她烧过纸钱。

我与妈妈相依为命长大，直到我大学期间，妈妈因为受到过长期虐待，终被送入了精神病院。有时候我想即便被警察抓住，也可以说自己有精神病遗传史，说不定还可免了死罪？不，抓住我就赶快枪毙吧，我不想在那种地方终老一生，简直比无期徒刑还要痛苦。

五年前，我杀了第一个人。

我不想说杀人是什么感觉，但在每次事后不久，我都会为此追悔莫及，陷入对自己的痛恨，并发誓再也不会去杀人了。

但我无法控制下一次。

本以为，我会继续在这生涯中飘来荡去，直至被警察捕获一命呜呼，却在不经意间遇见了他。

张夜。

当我看完"JACK的星空"QQ空间里的杀人日志，忽然发现找到了同类——在这座两千多万人口的巨大城市里，我是一个那么孤独的异类，没有任何人能与我交朋友。我是多么渴望能有一个朋友，在寂寞时与我喝酒聊天，彼此敞开心扉。如果我能早几年找到这么一个人，或许也不会有今天的杀人狂。

我费尽心机找到了他，确认了他的身份，日日夜夜监视，并深入他的过去——他的妈妈是因故意杀人罪，被判处死刑而枪决的，而被他妈妈杀死的三个男人，其中之一，正是我的亲生父亲。

这是我和他命运中的最重要的一个交集。

许多年后，我们注定会相遇的——被同一桩杀人事件而改变人生的两个孩子。

不过，就像我不恨杀死我父亲的女人那样，我也不恨那个女人的儿子，相反还对他施以更多的同情。

他太像我了。

一言一行，一举一动，哪怕只是一个表情，一个眼神，都几乎是我五年前的翻版。我确信他就站在杀人的门槛上，不仅因为那些幻想自己杀人的QQ空间日志，还有他浑身散发着的那股气质。我不知道他何时会跨过那道坎，也许一年后，一个月后，一周后，明天，今晚，现在？

我可怜他，我喜欢他，我迷恋他。

绝不能再让他重蹈我的覆辙，只因为——

我已在地底，而你还看得见星空。

该怎么救他呢？我想，必须抢在他动手前，先干掉他最想杀死的那些人——比如对他百般谩骂侮辱的经理，曾经欺骗过他感情与金钱的肮脏女人，许多年前剥光他衣服并把他扔在女厕所门口的老同学——只要提前把他们杀了，张夜就没有杀人对象了！

对不起，我杀了那三个人，连同与他合租的室友，我以为张夜是真的恨他呢。

以上四位受害者的家属，我不知在地下该如何向你们道歉。来生就让我做牛做马吧。

我从张夜收藏的卡夫卡的情书集里，看到过这样一段话："我今天看了一张维也纳的地图，有那么一会儿我觉得难以理解：怎么人们建起这么大一个城市，而你却只需要一个房间。"

是啊，我只需要一个房间。就像那个夜晚，我和张夜坐在沙发上喝酒聊天……多想时间能够凝固下来，我们就一直在这个房间里，看塔尔科夫斯基的电影，读《悬疑世界》杂志，听张雨生的歌，聊童年时的梦想。

我承认，那只是一个幻觉，真实的幻觉。

张夜，当你被全城通缉以后，我想到了一个办法来救你，就是刚和你分手的女友林小星。

她是那种打着灯笼都难找的好女孩，她喜欢你，是你前辈子修来的造化。你必须好好珍惜她，而我一辈子都不会遇到这么好的女孩了。

但我没想到的是，她好像喜欢上我了？

咳！咳！乱入啊！

我等待了将近30个小时，林小星居然没有趁我受伤昏迷而逃跑——当我等到花儿也谢了时，你来了。

为了像个绑架的样子，我忍着伤口的剧痛，勒住林小星的脖子。而她的挣扎只是想喊出来，告诉你不要再往前冲了。可你完全变成了另一个人，躲避通缉的过程中，想必已吃过许多苦，反而锻炼了意志与体能。现在你已无所畏惧,哪怕面对一个凶残的杀人狂,只为救出心爱的女子。

紫霞仙子说——我的意中人是一个盖世英雄,有一天他会踩着七色云彩来迎娶我。

嘿嘿!林小星,你看看,他不是来了吗?

你已对我恨到了极点,因为我杀光了你身边的人,还让你背负了杀人狂的罪名,又绑架了你最喜欢的女人。你重重地打了我两拳,而我为了表示自己是个坏人,又奋力拿起板砖,砸破了你的脑袋——但愿没让你受到更大的伤害。

林小星过来拉住了我,希望我们不要这么打下去,而我反手也砸了她一板砖——非常非常抱歉,我在骨灰盒里向你们忏悔。

就在我们拼死搏斗的同时,我的伤口完全迸裂,鲜血从绷带里涌出,再次浸透了整件衬衫。当我感觉血液要流尽时,你已拖着林小星逃了出去。

依稀听到林小星反抗你的声音,而你像个大男人那样抽了她一个耳光,让她终于清醒了,没有再嚷着要回来救我的命,而是跟着你翻墙逃出了死亡荒野。

太好了,张夜,祝贺你!

嫁给他！林小星同学，不要让我失望哦。

好吧，还剩下最后一滴血，我像电子游戏里那个垂死的家伙，爬到古老的苏联机器顶上。该死的，我再没有任何力气了，眼睛都无法闭上，只能摊开双手面朝穹顶。

我看到了十字架。

血，流干了吧？那么我就成了一具僵尸。好吧，植物人在哪里？

屋顶的彩色毛玻璃上，天空由暗黑转为深蓝，真想再多活几分钟啊——但我又想起刑场上中了好多枪还没死，具有超级顽强生命力的家伙，其实非常羡慕一枪毙命的同伴们。

天，怎么还没亮？

对了！1995年，还记得那个炎热的暑假吗？在静安区工人体育场，我真的跟你一起踢过足球，可你小子都忘了，呵呵。

老厂房有个地方漏了风，冷冷地吹到我脸上，带来一片干枯的落叶。

真好，秋天来了。

十三、我是一棵秋天的树

我是一棵秋天的树

时时仰望天等待春风吹拂

但是季节不曾为我赶路

我很有耐心不与命运追逐

我是一棵秋天的树

安安静静守着小小疆土

眼前的繁华我从不羡慕

因为最美的在心不在远处

——张雨生《我是一棵秋天的树》

（词：许常德 / 曲：陈志远）